U0540877

特钢密码

1mm → 0.5mm → 0.1mm → 0.05mm → 0.03mm → 0.02mm → **0.015**mm

王绍君 ◎ 著

山西出版传媒集团　北岳文艺出版社
·太原·

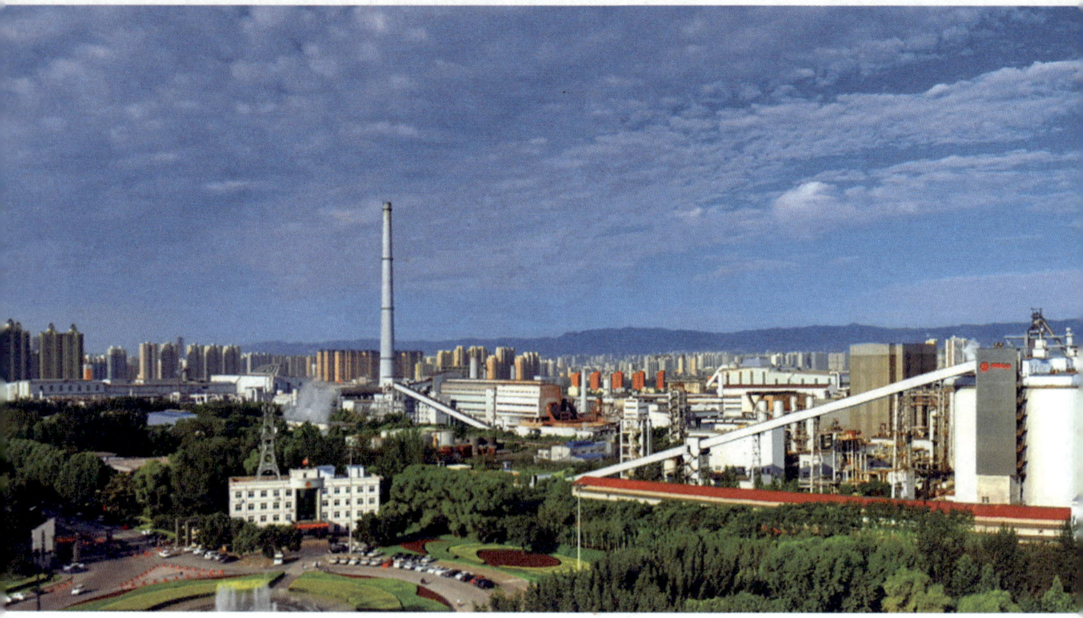

蓝天白云下的太钢厂区（王旭宏/摄）

突破国外技术封锁，为港珠澳大桥开发生产出双相不锈纹钢筋的高速线材生产线（王旭宏/摄）

厂区一角活力四射的太钢人（王旭宏/摄）

序 /

特钢密码破译人

蒋 殊

作为一名在太钢工作了多年的人,特别欣喜能有这样一本书出版。

产品,除了用于生产与生活,还承载着强国使命。比如特钢,就是衡量一个国家能否成为钢铁强国的重要标志。

自建厂以来,太钢就以特钢为使命。从第一炉不锈钢出发,钢厂便高举这杆"特"字大旗,开启了特钢之旅。八十八年风雨兼程,冷轧硅钢、电磁纯铁、笔尖钢、"手撕钢"、高端碳纤维……太钢的产品上天,太钢的产品入地,太钢的产品下海,太钢的产品一路高歌猛进,源源不断挺进高铁、核电、石化、汽车、桥梁、航空、船舶等领域的高精尖端技术,填补着一项又一项行业空白。

特钢何以为"特"？就是实现别人无法实现的，做到对手无法超越的。

超越之路何在，特钢密码何解？我想这是许多人想破译的。

王绍君先行一步了。我想，他是带着特钢人与文字工作者的双重责任与使命出发的。

号称"十里钢城"的太钢，太大了。每一个品种，从研发、原料、炼铁、炼钢、轧钢、成品等一系列工艺流程走下来，太长了。

从哪里入手？行业之外的人，是难以快速切入这种专业领域的。做过多年记者、在太钢采访过无数工艺与产品的我深知，单那一串串专业术语，就会让人闻之却步。每一次书写，都需将专业程序消化、解译，再以新闻与文学的语言呈现。读者不知道，那些可以通俗地一路顺畅跟着进入的领域，都是作者千锤百炼出来的。

这项工作，真还得熟悉太钢的本土作家去完成。其过程之艰辛，不亚于技术人员对一种产品的研发。

王绍君是轧钢系统人，即便对他而言，解读特钢密码也是有难度的。好在，他有三十多年的钢厂工作积淀，如今更身兼太钢的文学管理工作，是冶金系统一位优秀的文字工作者。除他擅长的诗歌、小说之外,近年来更立足太钢,创作了一系列优秀的报告文学,而他书写的对象,无一例外都是钢铁领域的优秀领军人。重要的是,他对太钢的产品、厂房、道路,甚至一草一木,都有深厚的感情。

说白了,他熟悉太钢的气息。

让外界认识太钢,从文化领域解读太钢,王绍君有资格,也有责任挑起这副重担。

于是,他穿过研发密集的网,走过生产火热的门,打开营销一道道窗,回溯,追踪。我知道,他在铁道边一定碰到过一辆辆运送不锈钢的列车,等待的间隙又一次次仰头看过那座穿天而上的高炉,熙熙攘攘的人流中也一定遇到了一个个脸上写满无数张图纸的特钢人。

对,最终铸就这"特"字的,是人。

于是,作者把解密的视线转向人——科研人、焦炉工、炼钢工、轧钢工、技术能手、炼钢专家、厂长、点检员、工段长、操作工。从管理,到操作;从车间,到小区;从炉前,到饭桌;从钢铁,到花草……作者跑了多少路?见了多少人?说了多少话?结果是,特钢之路一截截显现,特钢密码被一层层破译。

全书通读下来,读者在这个特钢世界感受到的恰恰不是钢铁的冰冷，而是一股暖，一份"情"。赋予特钢密码的人，不是北大、清华骄子，不是海归专家，大多是生于斯长于斯的本土人。而在这黄土之地将产品推向领域巅峰，缘于特钢人对钢厂的一份深情，对岗位的一份挚爱。

产品，是用工艺、技术、汗水铸就的，更是用心、用情、用爱浇灌的。

当然，他破解的不只是特钢的形成，而是整个特钢之所以成为特钢的背后一系列源动力，也因此，他的文字中不仅出现了家庭、孩子，还有空气、花草。

合上书稿，恍然明白。太钢之所以"特"，不仅仅是产品的"特"，工艺的"特"，技术的"特"，关键是人的"特"。人的智慧、汗水、情感、付出，才是铸就特钢的关键元素。特钢，是由太钢的每一个人、每一台设备、每一朵钢花，甚至太钢范围内的每一株草，一分一分积攒而成的磅礴气势。

当然，使命完成不易，难点往往不在常人通常理解的范围，比如王绍君这次的破解。我想，走过多少路，找过多少人，在夜深人静时独自破解过多少专业难题，于他而言应该都不是最难的。他所谓的难，应该在一些想告诉读者的细节而不能，想带读者深入的角落而不得。不得不说，书中一些地方的阅读很不过瘾，那是作为读者的深度渴求。但作为一名熟悉钢厂的人，我深知，并非作者没有关注到，没有走访到，而是他必须尊重一个特殊行业的规则。对于钢厂，那是另一重密码，是不能轻易触碰的隐秘之地。

如此，跟着他的笔触所至，也足够我们拿到特钢密码这把钥匙了。

我想说的是，这本书可与任何一种太钢产品并列，同为特钢之骄傲。

（蒋殊，中国作家协会会员，中国冶金作协副主席，太原市作家协会副主席，《映像》杂志执行主编。）

前　言

如果没有走近炉膛，你根本无法理解钢铁的深度和温暖；如果没有走进太钢，你可能永远不懂得他们对钢铁的信仰。

是的，他们每天面对的就是钢铁，这灵性的物质充满诱惑，让太钢人一代又一代为炉火痴狂。

太钢集团，始建于1934年，前身是民国时期创立的西北实业公司，所属西北炼钢厂。新中国成立后，被国家定位于发展特殊钢，自主研发了中国第一台不锈钢精炼炉、第一台不锈钢立式板坯连铸机、第一条冷轧不锈钢生产线……

太钢人以产业报国的情怀，炼出了中国的第一块不锈钢，轧制出了中国的第一张热轧硅钢片，开发出了中国的第一卷"手撕钢"、第一卷笔尖钢……

太钢前总经理李成在一次采访中，曾自豪地对记者说："太钢是国内第一家有英文缩写名字的钢铁企业，在当时的大钢中只有太钢的图章是带英文名称的。"

这是一座坚守在黄土高原的钢厂，虽然地处山西省的省会城市太原，却眼望蓝天海洋，每一次在逆势中劈波斩浪，都令钢铁同行钦佩；每一次在困境中上天揽月，都让世界惊叹。特钢的密码，不是谁都能解得开。

提到书中记录的人和他们的故事，曾有一位领导对我说，这是他们应该做的。这话我非常赞同，在每一位太钢人的身上，都能找到他们的影子。这就是太钢人的精神状态。想制造最精密的特钢，就必须保持这种状态。

特钢密码不是一个词，而是太钢人的一日三餐，是太钢人的嬉笑怒骂，是熔炼在太钢人血液中的特有元素。他们人生的每一个细节，都充满欢笑与能量。

王绍君

目　录

第一辑　走向蓝海

第一章　走向蓝海 ………………………………… 003
第二章　护花使者 ………………………………… 036
第三章　炉膛舞蹈 ………………………………… 053

第二辑　特钢元素

第四章　突出重围 ………………………………… 075
第五章　特钢工匠 ………………………………… 096
第六章　特钢密码 ………………………………… 119
第七章　创新妙手 ………………………………… 132

第三辑　破解密码

第八章　万里无烟 ………………………………… 149

第九章　遍地黄金 ………………………………… 168

第十章　华山论剑 ………………………………… 185

后记　无法冷却的记忆……………………………………211

第一辑　走向蓝海

第一章　走向蓝海

引　言

伶仃洋上本没有桥。

2009年12月15日，在广东省珠海市著名的情侣南路，举行了一场隆重的开工仪式。历经十多年的协商和论证，伶仃洋上，一座世界最长跨海大桥——港珠澳大桥，正式启动建设。

港珠澳大桥，将连接香港、珠海和澳门三地，全长达五十五公里，是粤港澳三地政府首次合作共建共享的大型基建工程，设计寿命一百二十年，能抗十六级台风、八级地震，能耐五百兆帕海浪冲击……

然而，能够适应伶仃洋海况、满足大桥设计性能的双相不锈螺

特钢密码

纹钢钢筋，国内还生产不了。一座中国桥，成为中国特钢即将面对的一场大考。

我国是制笔大国，有三千多家制笔企业、二十余万从业人员，年产圆珠笔四百多亿支……

然而，制笔用不锈钢材料却长期依赖进口。2016年1月，在山西省会城市太原召开的钢铁煤炭行业化解过剩产能、实现脱困发展工作座谈会上，时任国务院总理李克强谈道："我们在钢铁产量严重过剩的情况下，仍然进口了一些特殊品类的高质量钢材。我们还不具备生产模具钢的能力，包括圆珠笔头上的'圆珠'，目前仍然需要进口……"

位于珠海正北方一千九百公里之外的山西省太原市尖草坪区尖草坪街二号，是中国宝武太钢集团的总部。太钢人的目标非常简单：为中国桥，提供中国特钢；让中国笔，用上中国制造。

一场大戏，在波涛汹涌的伶仃洋上拉开了序幕。

一群特钢人，在二点三毫米直径的笔尖钢上开始舞蹈。

挑 战

真叫人难干！

新产品开发，还从来没有像现在这样令人苦闷。

第一辑 走向蓝海

太钢厂区局部（王旭宏/摄）

又一根红钢从高速线材生产线下线了。"下线"就是完成轧制、完成了生产的意思，接下来进行质量检验，最后再判定是否合格。轧钢工的眼睛死死盯着质检员的眉。质检员的眉又细又长，产品合格，一双眉毛就如荡漾的湖水，很是漂亮。如果不合格，一双眉立刻会竖成两把刀子，让轧钢工们心惊肉跳，一个个愁眉苦脸。质检员们的眉已经好多天没有荡漾了。开发新产品，可不是说话，上嘴唇一碰下嘴唇，就能一连声地赞美如歌。

朱拥民也愁，替质检员迟迟没有荡漾的眉而愁，替轧钢工们阴沉的脸而愁，说到底，还是为自己愁，为自己在钢铁生涯中的第一

特钢密码

次遇阻而愁。在开发新产品的进程中，朱拥民还从来没有过不去的坎，也从来没有像今天这样狼狈。他盯着高速旋转的轧钢机，实在搞不懂，往日里"空咔、空咔"悠扬的旋律，今日听起来却是那么刺耳，那么苦涩。

朱拥民原本并不懂轧钢，他在大学里读的是电气自动化。1992年7月，他从太原重机学院毕业之时，正赶上太钢在第三轧钢厂上马一条高速线材生产线。

高速线材，对太钢来说是崭新的产品系列；对朱拥民这个新人，更是一次全新的考验。有兴奋，有焦虑，更有迫不及待，他甚至来不及回一趟家乡文水向父母告别，就直奔太钢，直奔第三轧钢厂。

很明显，这是一个全新的世界。和他一同来的，有南开大学的，有四川大学的，有武汉钢铁学院（现武汉科技大学）的，齐刷刷六个帅气儒雅的俊男靓女，让太钢第三轧钢厂刮起一股欢快的青春风。

这一段时光如同一场经典的话剧，直到十多年之后的2010年，依然不时地在朱拥民大脑中回放：两条线在同时推进，一条旧生产线还在轧钢，为下一工序——第二轧钢厂和第四轧钢厂供应坯料；另一条新生产线——高速线材生产线正在安装调试，朱拥民负责电气系统的工作。学习电气自动化的，关键是控制技术，这个朱拥民拿手。新旧生产线相比，旧线就是小儿科，全是20世纪60年代苏联的设备，工作任务只是为下游工序的第二和第四轧钢厂生产和提供原料。所以根本不能奢望它生产出精品。还有更让人失望的，这设备就如同是一个不懂事的玩童，一步也离不开人，轧钢工们稍一走神，那些正在轧制的鲜红的钢坯就容易走错孔型，顶了升降台，甚至断了轧辊。不管是撞坏了啥，出了事故以后，很多事情会受影响。所以岗位上什么时候也不能没有人，上岗前先跑一趟厕所是最明智的，不然的话，那种不得不憋着一泡尿轧钢的滋味，能让人记一辈子。

太钢原本有八个轧钢厂，除了初轧厂，其他厂的名称从第一轧钢厂开始，一直排到第七轧钢厂。时光荏苒，岁月变迁，从1995年开始，随着落后产能的加速淘汰，第一、第二和第四轧钢厂相继停产，被"成建制"撤销，退出了历史舞台。而新上马的一条高速线材生产线成了第三轧钢厂的"救命线"，厂名也完全改成了"不锈线材厂"。自此，太钢的轧钢，走上了高效发展的快车道，在全球的特钢市场，开启了"闻新则喜、闻新则动、以新制胜"的创新旅程。

双相不锈螺纹钢筋，这是为港珠澳大桥开发的钢筋，为伶仃洋上的世界最长跨海大桥开发的专用钢筋。这种开发，在中国还是第一次。朱拥民意识到，不锈线材厂，这个太钢最小的轧钢厂，扛起了一个大活儿。

特钢密码

伶仃洋，朱拥民还真没去过，但文天祥的著名诗句依然记忆犹新：

辛苦遭逢起一经，干戈寥落四周星。
山河破碎风飘絮，身世浮沉雨打萍。
惶恐滩头说惶恐，零丁洋里叹零丁。
人生自古谁无死？留取丹心照汗青。

想当年背诵这首诗的时候，还是中学生的朱拥民就怀揣满腔的报国激情，想象着自己有朝一日能站在伶仃洋的大浪之上，真切地感受诗人的风骨。可他没想到，自己踏浪而歌的愿望在2010年的春天，成了他必须面对的挑战。在珠江口外两千一百多平方公里的伶仃洋上，经过多年调研、考察，港珠澳大桥项目终于启动建设。然而，最能满足跨海大桥性能要求的钢筋，我们国内却生产不了。

港珠澳大桥工程开标的日子越来越近，太钢不锈线材厂开发不锈螺纹钢筋的节奏也越来越紧。

又一根下线的螺纹钢静静地躺在成品料场。

还是开裂。

废了。

轧钢，要讲工艺，不同的轧制温度，可以赋予钢铁不同的性能。对于设计寿命达一百二十年的港珠澳大桥，对钢筋的性能要求更强，不仅要超高的强度，还要抗疲劳、耐腐蚀，最起码也不能还在远离伶仃洋的黄土高原上，就龇牙漏齿开裂得一塌糊涂。

唉，真叫个难，温度高了，坯料一进轧机就开裂；温度低了，只能听到轧机"吭吭吭"地使劲，却不见钢筋变细变长。双相钢，只是一个"开裂"就已经让人头大，后面还有屈服强度，还有抗疲劳性能，还有在混凝土环境中的耐腐蚀性能，等等。双相不锈螺纹钢，真成了阻挡太钢人走向蓝海的一堵高墙吗？

组合拳

双相钢，对太钢人本就不是个问题。从冶炼到轧制，不仅不是问题，而且早已享誉海内外了。太钢牌的双相不锈钢板材也享誉不锈钢市场，供不应求。

可偏偏就是没有双相不锈螺纹钢筋。纵观全球，也只有欧洲少数几个企业能干，所有的生产工艺，所有的生产标准，甚至包括所有的生产规程和注意事项，全部锁在他们的保险柜里。

保险柜，代表着拒绝，也代表着垄断。对于中国人，这是差距，对于太钢这个中国最大的特钢基地，这又是扎在脸上的一颗

特钢密码

痣,不疼,却非常醒目,非常难堪,非常尴尬。港珠澳大桥的招标即将开始,留给太钢的时间并不太多。他们必须加快速度,一次次去冲锋,一次次去挑战,一次次把失败垫在脚下,好让自己站得更高,彻底除掉这难堪的标记。

挑战伶仃洋,太钢人挥出了一记有力的"研产销"组合拳。

不锈线材厂,全厂不足四百人。小是小了点,却也是大企业的做派,"干最好、争第一"的厂训,已经为他们做事、做产品,定下了有担当、能负重的调子:

嫌批量小?拿来我们干!

嫌利润低?那就拿来我们干!

嫌投入大难度大?统统拿来给我们干!

只要有干的,难度不是问题。一个订单千吨百吨不嫌多,一份合同十吨八吨也不嫌少。市场就一个,可在全国能干线材的厂家不下百家,每前进一步,都是险,每提升一步,都很难。想留住用户,凭的还不是一个"特"字?!

太钢营销中心。接到任务的曹娇婵家也顾不上回,前脚一个电话打给老公,留下一句"我出差了",后脚就直奔武宿机场,直飞珠海。港珠澳大桥,这是国家的重点工程,意义重大不用细说,只要太钢的线材产品能参与到大桥的建设中,就是一次质的飞跃。曹娇婵并没有忘记，自己被调来专门负责线材营销的第一年，只卖了一千八百五十三吨。这个数字，一直保存在她电脑的桌面，每天打开电脑的第一时间，就是这个数字，临下班关闭电脑时，看到的还是这个数字。她不会忘记，有些客户谈了半天，却只订一吨的货。还有的客户甚至五毛、一块地讲价。这一次，大桥管理局的大门能不能为她打开呢？

太钢技术中心。王辉绵只要在不锈线材厂一现身，轧钢工们立刻就活跃起来，知道又有难干的活儿了。容易轧的钢，轧钢工们自己就能搞定，他们可不愿意动不动就求人，怪掉价的，让人小看。稍微有点难度的问题，不锈线材厂的几位技术员就能搞定，根本用不着王辉绵来来回回空跑这五里路。五里路不远，可他的事情也不少，作为太钢技术中心不锈钢室的高级工程师，有很多的"零"等着他去填充，有很多的极限等着他去超越。在设计图纸上，不锈钢线材已经被他玩成了山西的面食，能做出千变万化的花儿来，每一束花儿，就是不锈线材厂的一条生命线。这一次，主攻目标——双相不锈螺纹钢筋，只能赢，不能输。

特钢密码

少年得志

苏家堡村是文水县北张乡一个挺大的村庄，全村有八百余户，两千多人。村里的耕地虽然不多，但人人有份，包括还在读小学的双大，也有自己的半亩地。

这是一个勤劳的村庄，全村人一年四季不歇着，除了种小麦、玉米，还种些萝卜、白菜以及五颜六色的豆子。这些缤纷的色彩，让村里人的生活充满温暖。双大虽然还小，但一天里除了上学，剩余的时间基本也都交给了庄稼地。父亲常常抓起一把潮湿的黄土，一边用两只手掌搓捻，一边对双大说："这是你的口粮，要好好对待。"

这是口粮，双大当然要好好对待。父亲就是最好的榜样。小小年龄，双大就开始挑水，读小学一年级时，能挑两个半桶，到三年级就已经能挑两个满桶了。收小麦是每年最苦最急的活儿了，因为急，所以不容许割一镰刀歇三歇。双大虽然是小学生，也养成一个习惯，做任何事都一鼓作气不回头。何况眼前的是麦子，当然更不能含糊，只要镰刀挥舞起来，就不能停，腰杆再酸也必须坚持。

这才是做事。和土地打交道，谁说不苦呢。苦了累了，就跑去河里游个泳。河不远，村西边就是文峪河，河水挺深，一年四季水流湍急,那水声能传出很远很远。每年到了雨季,河水就会上涨,有时甚至漫出河堤,淹了邻家村民的庄稼。

这一年突逢大雨,河水也顺势越涨越高,水声轰隆隆地吼着,从河道里汹涌而过。大雨仍然没有停下来的意思,再这样下去,损失河边的几亩地事小,怕整个村庄都要受害了。村里的男男女女都上了河堤抗洪。双大也夹在人群中往河堤上跑,却被村支书一把拉住,命令道:到广播室守电话去,有事就在喇叭里喊我。

这电话太重要了,十几里外的乡里能直接传达指示过来。双大立刻感到自己的作用也放大了多少倍,虽然不像黄继光、董存瑞那样要冒着生命危险,但那电话铃声和战场上的冲锋号也是一样样的。他几乎是目不转睛地盯着桌上那部黑色的电话,盼着它脆生生地响一声,自己会迅速在第一时间接起来。这一夜的雨点或急或缓,全村的大人们守着河堤过了个不眠之夜;这一夜的雨声忽大忽小,小学生双大独自守着电话机,也度过了一个不眠之夜。

双大的学名,叫朱拥民。

爱的秘密

朱拥民真的很不会玩,除了家乡文水,最爱去的地方就是单位。不锈线材厂是他的一个牵挂,也是他收获爱情的福地。

特钢密码

1993年7月,上班满一年的朱拥民正好完成实习,收入也多了。可这个月有些异样。这个月是朱拥民上班以来花钱最多的一次,而且是一次性就花掉了一个月的工资。

这个月也是朱拥民花钱花得最开心的一次,这种开心只有他自己能体会。

星期日的太阳光显得格外亮,让人很想去空中飞一会儿。往哪儿飞呢?刚开了工资,都带上,一百多块呢,不怕飞不回来。市里有个"亨得利",老字号,就它了……

太阳还没落山,朱拥民就飞回来了。他连身上最后一个钢镚都留给了这家老字号,换回一只金色的海鸥牌手表。手表是女式的,小巧而精美。

第二天上班,辛杨的左手腕上戴了一只精美而小巧的手表。她拉一拉工作衣,让长长的衣袖正好覆盖住手腕,也盖住手腕上的时间和温暖。时间是给自己的,而有一种温暖绝不可以随便与人分享。她只知道默默地做事。做事就好,上了那么多年学,又在大学深造了四年,还不就是为了做更多的事儿吗。那些张扬的事儿在她眼里也太过于浮浅,让人难受。

辛杨不是别人,也是和朱拥民同时进厂,毕业于南开大学的高才生,亭亭玉立的一个女孩。人这一生,得一知己足已,可知己可遇而不可求,一旦碰到与自己人生信仰合拍的人,免不了彼此多看一眼，四目相对中，突然就感觉到有些慌乱。有时候，缘分是很难用语言来描述的，共同的爱好与追求，就是最好的黏合剂。朱拥民和辛杨，一个在控制室管电，一个在"水处理"管水，高速线材生产线把两个人越拉越近。低调做人、专心做事，一致的做事风格，让两个人越靠越紧。

1994年国庆节，朱拥民和辛杨做东，摆了一桌喜酒。直到此时，和他们同时进厂的另几位才子才如梦初醒，不甘心地追问："你们也太神秘了吧，介绍介绍经验。"朱拥民就笑着回答："这是专利，保密！"

"拼"的写法

曹娇婵刚走进武汉青山长江大桥的建筑工地，就听到身后几个男人不满意的嘀咕声：

"看那个女人。"

"看那个太钢女人。"

"太钢女人又来了？"

"又来了。"

工地上的女人并不多，工地上的北方女人更是少见。在露天工地，在重体力的建筑工地，女人所能发挥的作用显然非常有限。所

特钢密码

曹娇婵跟踪记录产品信息（王旭宏/摄）

以，如果不是十万紧急，谁家的姑娘、媳妇也不愿意来这里喝风吃土。

曹娇婵从他们的话里听出了不礼貌，听出了不尊重。这种事，跑市场这么多年，比这难堪的事都没有吓住她，相比之下，眼前这几句风凉话又算得了啥。

又想起了从事营销第一年创造的那个数字——一千八百五十三吨。这个数字还不够线材厂半个月的产量，连线材厂职工们的水费都挣不回来。不能坐在办公室等，得主动上门，得去发现客户。她翻开一本电信局的电话黄页，一页一页翻看，从厂名到电话，从主要从事业务的范围到具体的地址。真想不到，看黄页也能上瘾，比看小说还有味道。

按照黄页上登记的电话，她一个个打过去。

"你好，赵经理，我是太钢营销中心曹娇婵。"

"你好，李总，你们制作标准件，一定需要原料，太钢的不锈线材一定能帮到您。"

"你好，王厂长，我想去拜访您一下，我们可以合作一下……"

终于得到了回复，说："好呀，曹工，明天见。"

曹娇婵喜不自禁，几乎要跳起来，终于找到一个松口的。急忙找领导汇报，火速出发。却没想到，中国之大，大到有很多地方，飞机也去不了。她只好下了飞机坐汽车，下了汽车再坐三轮车，好不容易找到了工厂门口，却大门紧闭，门卫直接拒绝了她。

曹娇婵说："师傅，我是和你们厂长约好的。"

门卫说："厂长不在。"

曹娇婵说："不好意思，那我先进厂里看看，一边看一边等厂长回来。"

门卫的声音很苍白，说："那你和厂长联系。"

曹娇婵就拨通厂长的电话，说："厂长，我是太钢的……"接着就是一串忙音。明明打通了嘛。曹娇婵又一次拨过去，又一次被挂；再拨过去，电话里就传来怒吼的声音："你有完没完？"曹娇

特钢密码

婵赶紧补充："我是太钢的，咱们约好的……"

对面又是一句："你是太钢的，你算老几……"

天，已经暗下来了，一个厂子为什么建在这么偏的地方，连出租车都不来，只有定时的班车。走不了，只能就近先找个地方住下。

前不着村，后不见店，旅店也实在简陋。可总比露宿山野强点吧，至少还能挡个野猫野狗啥的。但陌生之地，陌生的小旅店，窗外漆黑一片，不见一点灯光。曹娇婵心里是千般的后悔，万般的无奈。先把门扣插紧，又小心地把屋里唯一的一张小木椅顶在门后，才上床休息。

可偏偏就睡不着，心里又气又怕，感觉自己是被骗了，又发现是自己太无能，太没有社会经验，轻易就信了对方。

迷迷糊糊半梦半醒之中，突然传来激烈的打斗声、叫骂声、撕扯声。曹娇婵一个激灵坐了起来，用被子裹紧了头，包严了全身，缩在床角里大气也不敢出。

太阳迟迟没升起来，这一夜，是曹娇婵有生以来度过的最长的夜晚。

太钢为武汉青山大桥供应双相不锈螺纹钢筋七百零三吨。港珠澳大桥的招标也即将开始。相比而言，那几个男人的责骂根本不值一提。她笑着走向工地，来到一堆钢筋前站定。正在捆绑钢筋的几个男人看着眼前的这个太钢女人，冷不冷凉不凉地递上一句话："你们太钢人可是真够拼的！为了挣钱，给我们找多少事。"

曹娇婵笑了，说："为了挣钱？太钢一天的产量就几万吨，如果靠给你们的这点量挣钱，十个太钢也早赔光了。"

曹娇婵伸手从对方手里接过一段钢筋，钢筋上的螺纹均匀地盘旋而上，秀出优美的"TISCO"标识。曹娇婵深情地说："我们就是想做点事，为国家建设做更多的事……"

笔尖钢之问

笔的最早形态是石块，原始的人们为了表达自己的思想感情，便会拿一块燧石，在洞穴和崖壁上刻画出一些图形痕迹。随着社会的进步和发展，笔的形态也得到迅猛发展，尤其是圆珠笔。据统计，仅2013年，我国制笔行业总产量为四百亿支，其中圆珠笔年产量为一百四十亿支，占比百分之三十五。圆珠笔约百分之六十供出口，出口地遍及世界各国。

然而，制造笔头的不锈钢，却完全依赖进口。

2016年新年伊始，时任国务院总理李克强视察太钢，提出了笔尖钢之问："一个小小的笔头也不能国产吗？"

阵 痛

轧钢，不是把方的改成长的就行，更不是把厚的轧成细的那么简单，就如做面条，拉面、削面、扯面、甩面，不是揉一团面就削、拉、扯、甩全能办到。想轧制优质的双相不锈螺纹钢筋，需要有独特的工艺，需要有特别的生产装备，需要有训练有素的职工群体……

1995年，随着高速线材生产线的全面投产，旧生产线再没有了存在的必要。一年之后，旧线的设备也被拆除干净。厂里暴露出一个大难题，就是人多。为了生存，为了全厂的发展，减人是必须的。根据新的岗位编制，每个工段都有减员指标，被减的人划归到劳务市场去待岗。

最愁的是机械工段，女职工多，富余人员也多。可女职工们商量好似的，扎堆怀孩子，岗位上五个大肚子，留谁？去谁？这让段长是茶不思饭不想。连续几天的情况排查，连续几夜的思想斗争，段长还是觉得，工作要以眼前为重，就把辛杨叫到办公室，说："小辛，你是南开的高才生，现在这个岗位，对你来说，实在是屈才了。"

辛杨看出了段长的意思，笑了笑，说："段长，我理解。"

段长看看辛杨已经隆起的肚子，说："你现在最大的事，就是把孩子养好……不过放心，工资绝不会少你的……"

……

高速线材生产线投产了，让太钢的产品线更为丰富。当年的希望变成了现实，却并不如想象中灿烂。生产中的问题千奇百怪，常常莫名其妙就开不起车来。但不管问题有千千万万，归根结底都离不开两个方面——电气和机械。作为高线电气的负责人，朱拥民成了最繁忙的人。

朱拥民住在一一八小区，从厂里到家一路慢上坡，整个小区好像挂在半山腰上的一个鸟巢，红红绿绿的鸟儿飞进飞出，让一座山显出葱茏的生机。

"鸟巢"的夜很静，月光朦胧，夜半时分，家家睡梦正酣。厂里的值班车直接开到朱拥民家楼下。值班车是解放牌大卡车，也不熄火，跟车人几乎小跑着爬上五楼，冲房门"咚、咚、咚"敲三下。朱拥民睡觉很轻，不等敲门声结束，已经下地穿戴完毕，一边匆匆下楼，一边问："怎么回事？几点发生的？采取过什么措施？"

辛杨的预产期就是这几天。洗衣盆里还泡着毛衣，辛杨试着蹲到水盆跟前，想把毛衣洗出来，但试了两下，实在不行。如果放在平时，洗衣、做饭、扫地、擦玻璃，也不过就是活动活动手脚，都不能算是活儿。如今实在是情况特殊，没办法，还是把母亲叫来吧。《世上只有妈妈好》，这歌写得真是好。有母亲的日子会舒适很多，想想自己也即将要做母亲了，心里是一种甜蜜，又是一种责任。

根据生产的实际情况，为了对高线系统进行全天候监控，更及时地解决系统故障，提高生产效率，厂里特意在厂房外修了两间活动板房，充当休息室。这倒是彻底，朱拥民的班直接改成了二十四小时，完全不回家了。

一周后，辛杨顺利生了个千金。十月怀胎，定期要去医院体检，到饭点又要做饭，没完没了的家务，这期间的苦，这期间的累，自己都能扛，不用那么娇气。分娩这天，丈夫也很自觉，一天到晚陪着妻子和女儿。他总算还有"良心"。

时间过得飞快，一转眼辛杨的产假也休完了。回单位吧，肯定没有空岗位等你，发展的路在自己脚下，不是靠别人施舍。辛杨和丈夫交流最多的就是两个问题："做什么事"和"怎么做事"。小两口的决定完全同步：做事不能等，就从决定的这一刻开始。

在产假休完的第一天，辛杨就去厂人事部门，把自己的劳动关系转到了劳务市场。

家　风

朱拥民已经很习惯于被半夜喊醒了。他不知道，在这方面，是不是父亲的遗传。

在自己走出乡村之前,父亲就常常被附近村庄的人叫走。村里人都说是请。有白天来请的,也有半夜三更来敲门的,都是请父亲去主持各家的婚丧大事。在附近村庄,无论亲疏远近,父亲几乎走遍了,而且在帮主家操持完大事之后,不取一分一毫。对父亲,乡亲们都认可,是位"宁可乡亲负我、我不负乡亲"的热心人、好心人。为了大家,好事就要办好,带着大家做事,就要像个带头人。这是父亲办事的原则,也是父亲做人的原则。

想起村庄,朱拥民不由得担忧起来。父母老了,二老的身体每况愈下。文水距太原一百公里,说不上远,可也不近,虽然父母身边还有姐姐、哥哥们在,但各人尽各人的心,至少半个月得回去一趟,看看生他养他的父母,看看满地里茁壮的玉米、小麦,还有豆苗。这些庄稼在不同的季节,鲜艳了他的四季回乡之路。河里依然有水,却明显少了,浅浅地流淌着,恐再难卷起当年让他守一夜电话的巨浪。

老家要回,单位的事也必须做。时间太紧了,真希望每天有四十八小时、七十二小时……为了挤出更多的时间,他买了一辆汽车,最便宜的QQ汽车。这下他无论是时间还是心里都总算是宽松了不少。

有了时间,他就可以去做更多的事儿。他每天晚上要复习功课,计划去考天津大学的工商管理硕士。

到了劳务市场，辛杨也有了更多的时间去学习。她不甘心，作为南开大学毕业的本科生，她人生的平台还应该更高，她决定要考研。

这段时间，辛杨把孩子交给父母照看，报名参加了培训班，住在学校学习，每周才回一次家。功夫不负有心人，就在历史刚刚跨入21世纪的第二个年头，辛杨如愿收到了山西大学法学专业研究生的录取通知书，完成了自己从本科理科生向硕士文科生的完美转型。

朱拥民在家的时间总是比别人更紧张，夜晚的灯光常常一亮就是一个通宵。在朱拥民看来，灯光就是扩充时间维度的有效利器，不用白不用。2004年，朱拥民如愿收到了天津大学研究生班的录取通知书。

此时的三轧厂已经更名为不锈线材厂。面对残酷的市场，面对激烈的竞争，每个月的合同都不是很多。生产线停停打打，生产成本居高不下，产品质量飘忽不定……危机，生存危机，全厂职工的生存危机，正汹涌而来。

下岗风波

轧钢机的转动要靠电气控制，而电气控制对朱拥民来说，就是看家本领。当年，就是因为厂里上马这条高速线材生产线，自己才来到这里,每一台电机的脾气,每一条线路的接口,甚至于每一架轧钢机的声音,他再熟悉不过了。只是,一晃已经十多年过去,十多年的风雨,他的眼里,他的心里,甚至于在他的骨骼里、血液里,已经融入了全部的感情与不舍。自己的孩子,再丑也是自己的。

从天津大学工商管理硕士研究生毕业后,朱拥民一回厂,就被任命为轧钢工段段长。这是他没有预料到的。如果电气控制的目的是让轧钢机旋转起来的话,对于轧钢工段,轧钢机旋转起来才仅仅是开始。

他的关注重点彻底转移到了高速线材生产线上。这条生产线是有速度,但这套设备投产初期轧出的线材质量太差,表面的毛刺、划伤不断,用户的异议不断,每月的赔偿不断。不稳定的质量,让厂里的客户越来越少,每个月的合同都坚持不到月底。

没有合同,就没有收入。全厂职工的工资水平长久地在全公司的平均线以下徘徊。职工士气低落,很多岗位的操作漫不经心。朱拥民感到,一种危险的信号正一点点逼近,手雷的导火索已经被点燃。果然,开工资的第二天一早,这颗手雷在自己的办公室轰然炸响。

轧钢一个班,齐整整十多条汉子站在他办公室,递上一份下岗申请。朱拥民接过来,不用看也能猜出职工们的理由——工资低,收入少。

朱拥民正色地回答他们：一，不能下岗；二，不批准他们下岗；三，趁着休息日，跟着他出一趟差。

这哪里是出差，分明是去找用户认错。他指着用户挑出的不合格线材，和自己的职工们说："你们看看，这就是咱干的东西，如果你们是用户，你们会要吗？"

朱拥民的话不多，就如他强调质量：质量不是放在嘴上的，质量是干出来的。任何时候，学习都是一种必要的能力。提升职工标准化操作的培训，在全工段紧张有序地展开了；针对轧钢设备的小改小革竞赛，在各班组之间展开了；为了生存而展开的质量竞赛，在四大班之间有序地全面推进。

对于朱拥民，天津大学工商管理硕士研究生的学习经历，成为他在干事创业的天空中飞翔的翅膀，更是他在新形势下，迎接新挑战、继续勇往直前的底气。

作息时间

朱拥民的时间观念很强，作息很有规律，每天上班早七点到厂，晚八点离开，一年三百六十五天，天天如此。

辛杨也有自己的事业。自研究生毕业后，顺利通过了省城某高校的教师招聘考试，成为这个高校的法学讲师。想想十多年前的自己，再看看现在，从大学生到大学老师，已经不是简单地上了一个台阶。人生就如一个剧场，你在幕后付出十分的努力，才能在台上展示出一分的魅力。重点是"做"。在这一点上，他们两口子互相影响，又互为镜子。

辛杨处理完自己的事情，已经是夜幕降临，华灯初上，时间差不多也就八点。丈夫快要回家了，得去准备晚饭。洗菜炒菜蒸馒头烙饼，辛杨也是煎炒烹炸的好手，等饭菜上桌，丈夫也正好进门，能赶个热乎饭。

吃饭时的交流是最贴心的。辛杨提出，带全家去旅游。自成家以来，二十年都过去了，孩子也读大学了，你这当爸的，只领她去过一次胡兰镇，认认真真听了一次刘胡兰的英雄事迹，就把姑娘的旅游生涯给画了句号，太不合格了。

朱拥民急忙停下筷子，争辩道："怎么没有旅游？哪年不领你们去文水呢？多好的地方。"

朱拥民的话让面前这位正牌大学的老师也哭笑不得，缓了半天，才反问出一句："你真好意思，回你家文水，那能和旅游一样？"

朱拥民赶紧拿起筷子，一边给妻子往碗里夹菜，一边说："到哪儿旅游还不一样，一样的山，一样的水……"

夫妻间的争论往往不会有结局，还不等分出输赢，就已经在丈夫的鼾声中结束。辛杨知道，丈夫太累了，从进厂第一天开始，他就像中了邪，对高速线材生产线简直是走火入魔，一刻也离不开。好不容易休息个节日吧，也是一会儿一个电话，不是问轧钢机，就是问酸洗；不是要听听首席师的意见，就是要技术员拿个改革方案。就算你不休息，人家也不休息？亲戚来家里串门，根本别想见到他。就算偶尔休息在家，你看看他的样子，躺不是，坐也不是，丢了魂儿一样。真拿他没办法。

习惯于八点才准备晚餐的辛杨知道，丈夫的时间观念特别强。他每晚八点半回家，只有推后，不会提前。如果哪天提前打电话说要回来，不用问，肯定是感冒发烧坚持不住了。辛杨太熟悉丈夫了，自己得赶紧去找出备用的丹参药剂，再煮一碗姜汤，让丈夫一进门就趁热喝下，这才能让他的那个"魂"赶紧归位，第二天的太阳才能灿烂地升起。

自强之路

女儿成长得很快，也很自强。

中考很顺利，高中也很顺利，依靠自己的努力，在高二就考取了公费留学指标，进入了俄罗斯一所名校，并成为该校一重点专业的唯一一名外国留学生。

女儿大学毕业时，学校要举办毕业典礼，来函请家长出席。学校的邀请非常郑重，孩子的期待也非常热切，但是，父亲却脱不开身，母亲也脱不开身。女儿是父母的骄傲，更是学校的骄傲。父亲告诉女儿，老师才是值得你一生去感恩的人。

说起感恩，朱拥民突然就想起了黄小平师傅。自师傅退休后，无论再忙，春节、正月十五必须留出来，去登门探望。在成长的路上，如果说父亲教会了自己做人，黄师傅就教会了自己做事。只有自强，才能自立。

零缺陷

2012年的春天比往年多了一天。这一天，还是朱拥民的生日。他自己也说，我四年才过一次生日。

生日一过，朱拥民就被任命为不锈线材厂党委书记、厂长。好事成双，历经无数的失败，终于开发成功的双相不锈螺纹钢钢筋，成功中标港珠澳大桥内地段八千三百九十吨，香港段七十吨。同时，笔尖钢的开发也已初见成效。接下来，就是要为制笔厂家供货。

笔尖钢，就是制造笔头用的不锈钢。长期以来，为什么国内要依靠进口呢？

制造笔头属于微型加工，加工中既容易切削，笔头又要具有一定的强度，在加工过程中不能有开裂，表面光洁度还要好……用厂

特钢密码

家的要求来说，就一句话：零缺陷供货。

朱拥民组织召开专题会议，讨论供货事宜，决定要派个责任心强的质检人员去把关，保证笔尖钢的成功供货。

制笔企业需要的是二点三毫米粗的原料，而高速线材轧机轧出的钢丝直径是六点五毫米，要供货，必须把六点五毫米拉拔成二点三毫米，还要确保拉拔过程中无缺陷。

赵文龙，个子有些高，体格也有些大。身高一米七八、体重两百多斤，在北方人中也算是大汉了。

一个壮汉，要从直径仅有二点三毫米的产品身上找缺陷，真有点像李逵操起了绣花针。不过，巧的不会，笨办法总还是有的。钢丝在拉拔中绷得很直，绷得很紧，肉眼看上去就是一条闪亮的银线。二点三毫米直径的银线，肉眼根本看不到上面的划伤，更看不到有毛刺。笨办法，也是好办法，他用两根手指直接轻捏着拉拔中的钢丝，感受钢丝的阻力。

一次两次，效果挺好，及时发现了缺陷；时间一长，却发现，手连筷子也拿不住。年幼的儿子见状，笑话爸爸真笨。

赵文龙的妻子郑晓平也是不锈线材厂一名质量判定员、质检技师。因为一个质检难题，两口子常常在单位争，回到家还"吵"，甚至为了分析产品的缺陷原因，两个人互不相让，争得面红耳赤。时间久了，尚在读小学的儿子也是张嘴"划伤、擦伤"，闭嘴就是

"重皮、裂纹"。冬天到了,握住奶奶的手说,有"裂纹"了;回到姥姥家,盯着姥爷的额头说,"划伤"多了;回到家里,听着爸爸妈妈没完没了地争论,就举起合不住的铅笔盒说:"这东西有缺陷了……"

紧急出差

2015年的7月很特别,虽然已到盛夏,但早晚的温差依然很大。凌晨时分,父亲还是走了。父亲走的时候很安详,大姐二姐在,哥也在,弟也在,辛杨也在。朱拥民把辛杨叫出门外,说:"你帮着看能干点啥。我去单位请个假,马上就回来。"

辛杨一听就有些急,骂丈夫道:"你真要笨死了,打个电话不就解决了吗!"

朱拥民赶紧安慰妻子:"这事情怎么能电话里说呢,得面对面说,面对面好说。"

他的驾车技术越来越精进,把标致开出了宝马的速度,一路飞驰赶到厂里。早晨的生产碰头会刚到点,他强压住心中的悲伤,听各区汇报完当班的生产情况,又听各科汇报完当前重点工作的进度。汇报结束后,大家都翻开了笔记本,掏出笔,静静地看着他。

朱拥民知道大家在等什么,是等他强调产品质量,是等他强

特钢密码

调港珠澳大桥项目的合同兑现,是等他强调安全事项,是等他强调创新改善的推进力度……需要强调的还有很多,这些工作的有力推进,的确让不锈线材厂焕然一新,的确让不锈线材人有了崭新的精神面貌。但今天,家里还有更重要的事等着他。他站起身,只说了两个字:"散会!"就急匆匆地往外走,临出会议室时,又扭头对会场说:"有个急事。"

从厂里出来,朱拥民直奔公司去请假,领导问:"什么事?需不需要帮忙?"他说:"谢谢,不用。"

领导笑着说:"快休吧,你还从来没请过假呢。"

朱拥民赶回村里的时候,院子里已经搭起了灵棚。亲戚们不用专门通知,就都聚在院子里帮忙,更有十里八乡熟识与不熟识的人家,也都来灵前敬一炷香,烧上一串纸钱,再送上诚挚的祈祷。

在灵前浓浓的香火中,一天的时光很快就燃尽了。第二天一早,文水的天色还在朦胧中,苏家堡村里的公鸡还没有打鸣,朱拥民的手机却先响了。看一眼手机屏幕,是公司领导,赶紧接起来,就听电话中的声音很急,说是一会儿有个台湾线材厂的老板来太钢,让他立刻到公司开会,和台湾厂家对对标。

朱拥民收起电话,悄悄和辛杨说:"我得回太原一趟,有个会议很重要……"

等朱拥民重新回到村里的时候,已经过了中午。院门外的花圈各式各样，排了很多。他走到跟前，将一个歪斜得快要跌倒的花圈扶正。当年曾命令自己去守电话的老支书却走过来，叫一声"双大"，又指指朱拥民身后空荡荡的一路烟尘，不无疑惑地问："听说你还是领导？"

精　品

朱拥民的办公室并不大。这里曾经是职工们的工房，由于工作需要，工房的职工们搬走了，于是，朱拥民厂长搬来了。

他办公桌对面的墙上贴着一张图纸，是生产线智能升级改造的设计图。图纸几乎占满了整面墙，朱拥民坐在办公桌前，只要一抬脸，看到的就是图。这幅图是他自己设计、绘制的，先后改动完善了不止二十次。设计第一张的时候，他还是设备能源科的科长；画着画着，他成了厂工会主席；改着改着，他当了设备厂长；完善最后一稿的时候，他已经成为不锈线材厂的党委书记、厂长。再要往回想，这张图的雏形应该是从上班的第一天就有了，自己就是因为上马高速线材生产线，才走进太钢。从此，陪着高线兴奋，陪着高线伤心，陪着高线创业，陪着高线一步步走向蓝海，一步步走向特殊钢的高、精、尖领域。如今，对高线的智能升级，不是丢弃以往，不是喜新厌旧，而是对高线梦的又一次美化，是对高线这列高

特钢密码

铁的又一次提速。在他的眼里，这幅图就是一个美丽的不锈线材梦，一个即将成为现实的梦，任何美景都无可替代。

技术中心传来消息，第二天就要发货给港珠澳大桥的产品，个别产品的表面有些问题，有些不美观。产品表面的问题，虽然不影响产品性能，虽然不影响用在桥墩里面，但表面就是形象，表面就是太钢最直观的荣誉，表面也是不锈线材人的品质。他快速拨通了办公室的电话：通知全厂副科级以上人员，带上工具，在一号门集合。

这次活动不仅仅是要为产品"整容"，更重要的是，要为不锈线材自己"整容"，为这支队伍"整容"。他要把这支队伍打造成精明强干、能打硬仗的队伍。

"整容"活动一直持续到半夜，居然没有一个人抱怨。都是人，谁也不比谁多长一只手，只要方向正确，只要风清气正，只要有人带头，每一滴水就都能击穿石头。

高速线材生产线的智能升级改造在紧锣密鼓地推进，办公楼的灯光常常彻夜不熄。改造的专题会结束时，已经是夜里十点。参加会议的不仅有厂领导，有厂里的首席工程师，还有设备、技术方面的专技人员，还有从厂里各专业科室挑出的专业尖子。朱拥民相信自己，更相信他们，厂子就是他们的未来，他们也是厂子的未来。

在楼道淡黄色的灯光下，看着大家略显疲惫的神态，为了调和气氛，他一巴掌拍在杨亮的后背上，说："走路直起腰来，小心未老先衰。"话音未落,楼道里轰然响起一阵活蹦乱跳的笑声。

幸福的滋味

2018年10月23日上午10时整,广东电视台正在实况直播港珠澳大桥开通仪式。屏幕中,中共中央总书记、国家主席、中央军委主席习近平用洪亮的声音宣布:港珠澳大桥正式开通!

朱拥民、曹娇婵和王辉绵不约而同地坐到了电视机前,都不自主地挺一挺腰,好像自己就站在桥上,踩着珠海的波涛,迎着伶仃洋上的海风,向东能闻到香港的紫荆花香,向西就看到了澳门盛开的莲花。

公司通知,港珠澳大桥管理局专门发函表达谢意:"贵公司作为一家信誉好、有实力的优秀供应商,为港珠澳大桥主体工程各专业分包及材料商做出了表率。我局对贵公司为港珠澳大桥工程建设所做出的贡献表示高度赞赏和衷心感谢!"

直播现场响起了《歌唱祖国》的豪壮歌声,和着歌声,三个人的眼睛也不约而同地湿润了。他们发现:幸福,竟然来得这么突然。

第二章　护花使者

序

走进太钢，第一眼看到的不是钢。

迎接你的是绿树，是嫩草，和盛开的鲜花。

与印象中烟尘缭绕的钢铁厂，根本就是两个概念。

"内行看门道，外行看热闹"，这话说得一点不假。任何专业都不是想象的那么简单。就拿最常见的树木来讲，我试着去数厂区绿树的种类，但除去知道杨、柳、榆、槐仅有的几个品种之外，更多的甚至连名字也叫不出来。直到走进太钢装备部厂容管理室主任陈翠荣的办公室，才听她说，太钢现在的乔、灌、草、花等绿色植物多达一百三十五种。其中，光是槐树就包括国槐、龙爪、刺槐、香花槐、江南槐等七八个品种，行道树主要是国槐、法桐，厂区主干道、建筑区域及铁路沿线则主要是丁香、连翘、珍珠梅、金银木、海棠等灌木，而金针、大叶萱草、紫花地丁、早熟禾、红帽子、金娃娃、漫海姆等花草播满了两百九十二万平方米的绿地，形成十八点六公里的环厂林带。整个厂区三季有花，四季有绿，黄土不见天，基本形成了"厂在林中、路在绿中、人在景中"绿树环绕厂房的生态景观效果。

陈翠荣的语速很快，如同在唱歌，听起来旋律悠扬，又让人荡气回肠。感觉眼前站着阿庆嫂，这个女人不简单。厂区繁盛的花草树木似乎长在她的脑子里，张嘴就来，让你听着就眼花缭乱，怀疑自己进入了植物园。难怪每次省内外的团队来太钢参观，都要点名让她做讲解。很遗憾自己没带录音笔，不能完全记录下这首绿化曲。

回顾多年来太钢的绿色进程，更是一次绿色革命。工厂的道路、铁路、能源介质管网是绿化的三条主线，大型绿地为景观"节点"，各二级单位的基础绿化为"面"。"点""线""面"相结合的绿地系统网络，在山西省太原市的版图上，勾画出一幅钢铁人的巨幅"森林化工厂"的写意画。

特钢密码

抉　择

陈翠荣当年学习园艺专业的目的居然不是为了种花,而是为了帮母亲种菜。

她的家乡在河南商丘,母亲是一位菜农,一手种植着大片的胡芹,一手拉扯着四个儿女。胡芹每收过一季,孩子们就又长大一岁。

商丘地处黄淮平原腹地。这里的土壤特别有利于种植胡芹,家家都是立夏育苗、立秋定植、立冬收获。逢年过节,很多人家的门上都会贴上一副对联:喜有车马临门第,胡芹贡酒迎嘉宾。胡芹,几乎变成了商丘的代名词。

无论什么东西,有时候,多,也是一种灾难。好在胡芹是菜,能吃;坏在胡芹是菜,吃不完卖不掉就会腐败。可母亲只会种些胡芹,偶尔也种些洋葱、黄瓜之类,量却很少,只够在自家的餐桌上多摆一个盘,调剂一下伙食。

20世纪80年代的中国,竞争已经渐入高潮,蔬菜品种少加数量少让人很难真正改善生活。这时候的陈翠荣正好高中毕业,顺利地考取了河南省技工学校(现河南职业技术学院)。回到家,她兴奋地告母亲说,自己学的是园艺专业。

母亲听了,不冷不热地说:"菜还种不够,又去学什么种花?

种花能当饭吃？"

陈翠荣看见母亲慈祥的脸上布满疑惑，赶紧向母亲解释：园艺可不是种花，是学栽培的。等我学成回来，帮您种好多菜，不光有胡芹，还要种豆角，种西红柿，种丝瓜，种五颜六色的蔬菜。

陈翠荣并不是在哄母亲高兴，她知道母亲的难处。父亲远在千里之外的太钢上班，虽然一年有三百六十五天，可回家待的时间只能用小时来算。她不明白上班的人为什么那么忙。家门前是一眼望不到边的菜地，菜地里是整天躬着腰劳作的母亲。作为长女，自己断不了领着三个弟妹在胡芹地头捉虫子、薅杂草。可以说，自己是嗅着胡芹苗的清香长大的。虽然不久后父亲把弟弟接到了太原，为母亲减轻了不少生活压力，但门前的土地带不走，土地上的胡芹带不走，而种植胡芹必须经历的育苗、移栽和收获的整个繁重劳动带不走。作为老大，自己就是家里的第一壮劳力，是母亲最得力的帮手。学好园艺，一定能让母亲省很多力气。

母女的心是相通的，女儿的话还没说完，母亲递过来的眼神里已经充满了欣慰和笑意。

一天又一天，一年又一年，开学了，放假了……陈翠荣努力完成了全部学业，准备毕业了。然而，她想不到商丘市的村改城工作进度更快，在自己正式毕业之时，母亲也成了市民，自家的菜地一寸也没留下。

特钢密码

地没了,当年为母亲许下的诺言永远定格在了时空中,让人没法去修改,更无法去履行。父亲专门从太原回商丘接母亲,接弟妹,并一再叮嘱她,毕业后回太钢工作,太钢缺少花草,缺少懂花的人,不要浪费了自己的专业。

说句心里话,一个女孩子,欣赏花可以,但是去种花实在不情愿,整天一脚泥两脚水,风吹着日头晒着,等到最后,一朵朵鲜花灿烂地开放,自己娇嫩的皮肤却一天天干涩。按毕业成绩,自己在全校排名第一,家乡有更多的单位更好的岗位任由自己挑。但是,选择留在家乡,就会远离父母,他们一天天老了,看不见他们,自己的心里就得不到安宁,没有他们在身边,这个家就不完整。

种花就种花!免得自己所学的专业变成一张白纸。思来想去,陈翠荣还是接受了父亲的意见。1987年7月,陈翠荣果断地迈进太钢的大门,成为绿化科的一员。并没有人注意到,从这一天开始,厂区路边萎靡不振的杨树叶子突然间泛出一丝新绿,空地上稀稀落落的几棵苜蓿草也绽放出紫色的小花。

家　教

石檀林的父母在太原市清徐县的村里,挺有名气,老两口人前人后把腰板挺得很直。腰板直一方面是由于父亲曾当过村里的会计,还是民办教师。能支撑腰板挺直的更多原因，却是子女们都有出息，一年一个，通过参加高考，把录取通知书递到父母面前。放在父母脸前就等于放在全村人的脸前。自家的庄稼地里少了一个劳力，城里多了一个挣工资的人。

石檀林是兄弟姐妹中第三个把录取通知书递到父母面前的。父亲脸上的皱纹里都洋溢着幸福的笑。

石檀林从大同煤炭工业学校毕业后，就进入了太钢。每次回清徐村里看望父母，总会有人问，太钢好吧？什么样？给我们说一说。

石檀林就说一说，说说太钢的草，说说太钢的树，说一说太钢的牡丹和芍药。他说的这些，乡亲们都能听懂。

1994年9月，在石檀林参加工作刚满一年的时候，正式进入太钢厂容管理室，成为陈翠荣的得力助手。

一天一百公里

2004年9月，太钢一百五十万吨新不锈钢项目正式启动。工程要求，新项目完成之时，绿地率由百分之二十一点五提升到百分之三十，绿化覆盖率由百分之二十七点五提升到百分之三十五。这意味着，在项目竣工投产之时，还要新增绿地六十一点五万平方米。

六十一点五万平方米有多大？正好等于八十六个足球场，却又

特钢密码

不仅仅是八十六个足球场的简单叠加。足球场的草坪可以在球场建好之后再铺设，而六十一点五万平方米新增绿地上的杨、柳、榆、槐、丁香、连翘等品种繁多的乔、灌、草、花，它们不是简单的一块砖，想摆在哪里都行，它们是生命，需要适宜生存的环境，需要新鲜肥沃的土壤，需要护花人如哺育婴儿一般精心呵护，才能保证它们健康地生长。而要做到这一切，至少也需要两年时间。

两年，一百五十万吨新不锈钢项目的建设期也仅仅两年，陈翠荣意识到时间的紧迫，她需要挤时间，她的厂容绿化工程，不，应该是太钢的厂容绿化工程，必须从项目建设工程的缝隙中去挤时间，去挤机会，同时动工，交叉作业。

项目的土建工程队前脚刚撤出工地，一支挖渣换土的队伍就已经把前脚迈了进来。

一座新厂房还没有来得及封顶，厂房周边已经植入一株株香花槐、一丛丛珍珠梅、一片片大叶萱草。

成片的紫花地丁刚刚从地下冒出翠绿的叶芽，设备安装队伍突然又返回现场拆门扩路。为了安全地安装设备，那些娇小的生命又一次在钢筋、铁锤的呼啸声中香消玉殒。

大家都在争，大家都在抢。每一分每一秒，时间从来没有像现在这样珍贵。陈翠荣明白，这不是谁的错，每个人都有自己的责任，大家的目标一致，都是为了太钢，都是为了明天。

只是，大家对绿化都有些轻视。她不停地在各个项目部里穿梭，找人协调，与人交流，呼吁人们为这些绿色的生命让让路，以确保她们能生存下来。

陈翠荣的神经已经绷到了极限。作为一百五十万吨新不锈钢项目的重要组成部分，绿化工程是整个项目中唯一没有现成设计方案的工程，一切都需要根据现场情况临时去策划、去设计、去完善。在八百五十五万平方米的主厂区内，哪是景观路，哪是参观路，哪条路作为货运通道更合适？设计，规划，再设计，再完善……陈翠荣自小就看惯了绿色。这些天，她的眼睛里更不能没有树，不能没有绿，看不到绿就六神无主。

从东门走到西门，从双良路走到冷轧路，从晚上七点走到凌晨四时……在太钢厂区绕一圈是二十二点七公里，她不知道自己这一夜究竟走了多远的路，她只是在想，双良路应该建成景观路，行道树最好是法桐，绿篱就用胶东卫矛；冷轧路要建成参观路，行道树用国槐就不错……

天亮了，陈翠荣叫司机：曲师傅，咱们再跑一趟新炼钢。曲师傅一愣，说："陈主任，我看着你干活都累，你知道昨天跑了多少路？整整一百公里，我去领油票人家都不信……"

特钢密码

美容师

陈翠荣在外是有名的快人快语,尤其说到绿化,让人听着就是一幅绝妙的山水画。

在她办公室的墙上挂着两张图,一张是《太原钢铁(集团)有限公司主厂区影像图》,一张是《太原钢铁(集团)有限公司厂区规划总平面图》。坐在办公桌前,只要一抬头,就能看见太钢的全景,坐在电脑前,一撩眉,太钢的整体绿化规划就显现在眼前。在图上,最鲜明的颜色就是绿,但绿和绿又有区别,深绿是油松、海棠,浅绿是金枝、美人蕉,最淡的绿是景天、早熟禾、金娃娃。

太钢主厂区占地八百五十五万平方米,可绿化面积达到二百九十二万平方米。在如此大的区域内,如何选择树种、选择什么树种都要科学,既要贴近自然,又要具有园林风采,既要确保植物群落的稳定,增强抗逆性,又要考虑到节约种苗的投资,为建设节约型园林打下坚实基础。通过几年来的努力,太钢的绿化工作已经从当年的种树种花上升到养树养花的层次,自己当年学的园艺知识已经不够用了,她急需提升自己的园林知识。要进步,就必须学习,她果断地选择了攻读北京林业大学的园林专业。

陈翠荣又一次着魔了。虽然在单位快人快语,但是回到家却像一个哑巴。不是不会说，而是顾不上。她和丈夫有个不成文的约定，只要走进家门，谁也不能说单位的事。丈夫是搞机械的，什么轴承、液压的，说起来她也不懂；自己是搞绿化的，各种花卉名树说出来丈夫也应和不来。不说归不说，晚饭一吃完，各抱各的笔记本，各干各的活儿。儿子很乖，专心复习功课。三个人互不干扰。儿子自来到这个世界就没有再麻烦过爸爸妈妈，而是奶奶带两天，姥姥带两天，一直走到了今天。陈翠荣很感激老人，所以她坚持要和老人住在一起，她要确保自己能每天看到老人，眼睛看到了，就能少些牵挂，就能放心地去干自己的活儿，精心地去做自己的事业。她一直认为，绿色，是个很广阔的事业。

当陈翠荣从园林专业毕业之时，一本《太钢厂容环境初步规划》也从她手中出炉了。这本规划书从厂区建筑物的拆除建设到道路设计，从厂区物流通道规划到环卫系统的设计，从厂区参观通道沿途景观的设计再到绿化网络的设计，由点及面，系统地阐述了厂容建设愿景，为太钢未来整体的环境建设提供了理论依据。

太钢的绿色规划在一天天完善、一天天成熟起来。

厂区的道路被划分为景观道路、参观道路、货运通道和混用道路，公司的十三个厂门也被分成职工通勤门、主要货运通道门、混用通道门。

厂容绿化，一是点，沿厂区景观道路、参观道路确定十五个景

特钢密码

观节点，以造景为主，布置适量的园林设施，形成通透、俯视景观。植物布置以大面积的整形植物为主，片状栽植乔灌木和常青树，以营造绿化背景。二是线，利用并建设以道路、铁路和综合管网这三条生命线为主体的绿色廊道，设立道路绿化、铁路绿化、管网绿化的护厂林带。三是面，即各单位区域内的绿化，以点、线、面结合的手法，追求层次丰富、绿树掩映的生态防护效果。

画在图上的景观还不是景观，一切都需要努力去实施，需要精心去养护。只有实际行动，付出了，一张平面图才能快速变成真实的立体景观。

充 电

石檀林感觉有些累。

不是肢体上累，不是清理道路、种花护草累，而是心累。

不了解花草的性格，不清楚树木与灌木的特点，花了钱，埋进地里，一个礼拜不见发芽，就已经输得连短裤都没有了。

就连最不起眼的草，也不是种在哪里都能焕发出盎然绿色。向阳与背阴，区别很大。在自己眼里，这世上再没有比种树、扫马路更简单的事了吧，偏偏陈主任会说，经过认真调研，道路扫不干净的原因可以归结为一百零八种。

真是假的？一百零八种？

我想了几夜，终究没数到十。不知道石檀林数过没有。但这个数字够刺激人。做事情精细到这个程度，凭实力就"秒杀"一切。专业就是专业，学过与没学过，区别可大着呢。

石檀林暗地里开始较劲，在2009年专心考取了中国农业大学的园林专业。陈翠荣特意为他竖起了大拇指，说，人和手机一样，就得常充充电……

行　者

陈翠荣能跑是出了名的，管理的范围有多大，她的腿就能迈多远。当然，这其中的功劳也有汽车轮子的一半，油门一踩，能节省很多时间，能看到更多的绿化关键点，回来还有时间再策划，再设计。人们都说，陈翠荣简直就是厂容绿化的首席设计师。

2009年，公司进行车改，各单位的公车一律收回、拍卖。汽车轮子没有了，只有步行。陈翠荣不怕走路，当年上学时就是学校有名的运动健将，羽毛球、篮球，甚至还有足球，跑起来满场飞。如今步行，比在足球场上跑要轻松多了。这一轻松倒好，随便去几个绿化责任区转转看看，不知不觉就十多里，好像又回到了学生时代，一天天在重温着学生时代的辉煌。最大的不足就是费时间，还费鞋、

特钢密码

费鞋垫。

春暖花开时节,阳光温柔地洒向钢城,洒向丁香枝头饱满的绿。植树节到了,正是移栽花木的好时节,陈翠荣召集全科的人开会,向每个人下达任务,强调各自需要重点关注的点:

"小王,你的责任区里少了两棵树,怎么回事?"

"小赵,你的管区里有片草坪被汽车压了,找到责任者没有?"

"李师傅,你管区里的马路上流洒现象又有抬头,多辛苦您了……"

厂容管理室的全部成员九男三女,张、王、李、赵无一幸免地被陈翠荣数念了一遍。

大家都奇怪,自己开着汽车还跑不过来看不周到的大片绿化区,陈主任就凭一双腿,怎么就啥也知道?

周末到了,陈翠荣去探望母亲,顺便让母亲再给多缝上几双鞋垫。母亲盯着女儿被阳光过度暴晒的脸,说:"你和你爸一样,总是那么忙。"

做女儿的就笑,对母亲说:"忙点好,越忙越有精神,趁着有精神,还能多干点事儿。"

又一双鞋垫被磨破了。记不清母亲为自己做过多少双鞋垫,但实在不忍心让老人家再为自己操心。她决定买车,便向大家咨询什么车好开,什么车省油。消息传开,大家的目光齐刷刷地盯着她,一起摇头。她还在疑惑之时,一位领导发话了:"陈翠荣你不许买车,走路东张西望的,就顾着看花草,太不安全。"科里小伙子们马上接住话茬儿:"陈主任,你说要去哪儿,坐我的车……"

同事们的车自己还真没有少坐。只是,科里每个人都有自己的管区,他们都很忙,实在不忍心麻烦大家。自己就不一样了,在家排行老大,就要有老大的样子,事事必须走在前头。作为一科之长,事事走在前面更是自己必须承担的责任。自厂容管理室成立以来,科里的每一个人跟着她都很辛苦,全科总共才十二个人,就有七名党员,这样的团队战斗力超强。她相信大家,更为自己有这样一个团队而自豪。

2009年,根据太原市委市政府的统筹部署,太钢承担起了二百六十五亩西山生态整治绿化任务。陈翠荣暗暗为自己定下一个目标:明年的植树节,一定为自己买辆车。

迟到的庆功会

时光飞速地闪过,我们看到的是一个崭新的太钢,似乎看不到背后陈翠荣为之付出的努力。这些努力都凝缩在一系列冗长的数字中:从2005年起,拆除破旧建筑物四十二万余平方米、围墙四

特钢密码

点九二万延米、管线一点四万米,整治铁路沿线五点九七万延米,挖渣换土二百一十余万立方米,回填土方二百六十余万立方米,新植各种苗木八百二十三万余株,立体绿化四点二万延米,新建、改建绿地二百余万平方米;七点六三米焦化、四百五十平方米烧结、四千三百五十立方米高炉、新炼钢、二千二百五十毫米热连轧、新冷轧等重点工程项目的绿化建设与项目建设实现了同时设计、同时施工、同时竣工的目标。

成绩与荣誉是永远分不开的。自2008年起,太钢先后被评为省级园林化单位、创建国家园林城市模范单位、全国绿化模范单位。陈翠荣自己的荣誉也接踵而至:公司先进个人、山西省绿化奖章、全国钢铁工业协会冶金行业绿化先进个人、全国绿化奖章、2011年度太钢党员标兵。作为太钢党员代表中的一员,参加了山西省第十次党代会。

陈翠荣笑了。她说:"这些功劳都是大家的。"随后向大家郑重宣布:"我要为大家庆功,目标,西山,不许请假,全科人一个也不能少……"

正值金秋十月,西山的树叶正红。这里,曾让陈翠荣几天几夜睡不着觉;这里,从土质到气候都与太钢有天壤之别。一次次勘察,一次次交流,再一次次地修改栽植方案。功夫不负有心人,一排排树苗奇迹般地活了,一座座山头恍然间全绿了。在治理西山的工作中,太钢又一次先声夺人，成为太原市西山生态整治的模范单位。

立功的时候全科人员一个也不少，现在召开庆功会，全科人员也必须一个都不少。

突然接到通知，有关部门要来太钢，点名让陈翠荣去做讲解；

突然接到电话，某区域的脱水器管道要改造，管道下的绿地需要配合保护；

……

时间冲突，庆功会又一次泡汤了。陈翠荣不好意思地笑一笑，大家也都不好意思地笑一笑，没有一个人埋怨。

有知情人说，厂容管理室每年都要准备一次庆功会，但每次的结局都是一样——彼此间不好意思地笑一笑。

大雪无痕

2018年1月，石檀林从陈翠荣手中接过了厂容管理室主任的担子，等于也接过了"绿色太钢"这局大棋。

夜深了。天气预报的话越来越准，手机屏幕上的一行字特别刺眼：今天夜间到明天白天，有小到中雪……

石檀林心中一喜，对厂区里那些冬眠的生命来讲，这可是天赐的营养液。但喜中又有忧，如果雪下得过大，道路会更加湿滑，不

特钢密码

仅影响职工上下班,还将严重影响各种物流车辆的运行,严重影响正常的生产。

他坐不住了,一边迈出家门往外走,一边用手机拨了出去:大家今晚辛苦一下吧,现在就去厂里,加加班,准备清雪……

第三章　炉膛舞蹈

序

　　说起炼钢，就想到熊熊火焰，让人仿佛感受到滚烫的温度，让平凡的生活也充满燃烧的欲望。2015年，在全球钢铁市场低迷、生产成本压力巨大、品种质量竞争日趋白热化的生死存亡保卫战中，太钢不锈钢股份有限公司第二炼钢厂，在自己四十六年的建厂历史上，书写下第一个鲜红的惊叹号：实现降本增效七点一亿元。

　　我相信世间所有的平凡都有其不同寻常的一面，但我想不到，带领二钢厂两千余名职工、承担着全公司百分之八十以上冶炼任务的厂长赵恕昆，居然刚满四十五周岁，不笑不张嘴说话，一脸的温文尔雅。在二钢厂的历史上,有过不少"武"厂长,也有过不少"文"厂长,用二钢人自己的话说,赵恕昆是典型的"文"厂长。

回头再看去年的战果:二钢厂有史以来第一次完成全年降本增效预算目标;不锈钢产量创历史最高水平……显然,这位"文"厂长的"武"活儿,也毫不逊色。面对熊熊燃烧的炉膛,我似乎已经清晰地看到一个健壮的身影,正站在冶炼的火焰之上,舞蹈。

第一堂课

1994年8月,盛夏的太阳光照向地面,如同一支支从天而降的利箭,把柏油路面刺得松松软软,一脚踩上去,像是踩到了棉花。通往钢厂的路上行人很少,赵恕昆却昂首挺胸,走得兴致勃勃。依稀记得,四年前考上大学,只身前往太原重机学院报到时,就是这种感觉。不同的是,走进大学校门时,有种快速给自己充电的欲望,而现在,每向钢厂走近一步,那种鲤鱼跳龙门的欲望就越是强烈。

"太钢",对于刚满二十三岁的赵恕昆来说,这个词太熟悉了,这种熟悉不是因为有了四年大学生活的知识、阅历积累,也不是因为自己生在太原长在太原,而是因为从自己懂事开始,就每天看着父亲披星戴月去一个叫作太钢的地方上班,又摸着黑从那个叫作太钢的厂子下班回家。太钢真大,赵恕昆幼小的心里早早认定一个理:

太钢就是父亲，太钢就是家。

太钢第二炼钢厂，赵恕昆报到的终点站。高大的厂房就在身前笔直地挺立着，他仰脸往天上看，有几片淡淡的云彩擦着厂房顶飘过。"这厂房，真高。"他一脸的兴奋，自豪中带着一股立即上阵的冲动，喜滋滋地自言自语着，一边用手揉揉脖子。虽然自己的身高超过一米八，可厂房的高度还是让他感到惊奇。这就是炼钢的地方？钢是怎么炼成的？炼成一炉钢得多长时间？很多新鲜又奇怪的想法冒出来。不时有人从黑洞洞的厂房里走出来，看他一眼，冲他一笑，黑黢黢的脸上，只有一口白牙格外醒目。他也冲着那一口白牙恭敬地笑笑……

赵恕昆没有机会去炼钢。按在大学所学的电气自动化专业，他被分在机电工段，也算是专业对口，不会出现"有劲儿使不上"的尴尬。

段长王永平热情地招呼着，说："欢迎各位，这儿才是你们的用武之地。不过，丑话说在前面，咱们厂条件很艰苦，就看你们能不能坚持，要比比各位的意志力……"

炼钢车间有四条生产线，各条生产线一周一小修，一月一中修，常常是刚修完A号炉座，B号炉座已经等着了。赵恕昆发现，做一名合格的机电工段职工并不轻松。

检修电缆的工作紧张而有序地进行着。初来乍到的赵恕昆跟在师傅身后，看师傅麻利地用电工刀割开电缆胶皮，又迅速地将每一

特钢密码

根细小的线头扭在一起……时间紧，任务重，师傅的脸上已经满是晶莹的水珠，麻利的动作仍掩藏不住双眼中闪烁着的焦急。赵恕昆忍不住上手了，他抽出电工刀，扯住电缆的一端，使劲割了下去……

电缆的胶皮顺利地被割开了，赵恕昆握电缆的手背，却和胶皮一起，也被割开了。鲜红的液体汩汩地往外冒，师傅看见，真急了，一步抢到跟前捂住他的手；段长王永平也急了，一连声地催促："快去保健站看看，不用回现场了……"

抢修工作依然在紧张地继续，时间总是不声不响地从身边溜走。王永平不经意地一抬头，却发现赵恕昆不知道什么时候又站在了自己身后，感觉很是意外，不由得想，这小子骨头还挺硬。想想自己当工段长多年，像这样憨厚又实在的年轻人，真不多。走上前一步，拉着小伙子裹满白纱布的手，问："怎么样？疼吗？"赵恕昆仍然是憨憨地笑笑，轻描淡写地说："那刀子还真快。"

厂房外的寒风呼啸着吹过，厂房里依然是热浪扑面；厂房外已是花团锦簇，厂房内依旧热浪袭人……真正走进炼钢车间之后，赵恕昆才知道，这里没有春夏秋冬之分，只有火焰。在火焰的灼烤下，他越来越体会到段长话中的意思，什么是坚持，什么是意志。他想，从报到上班的那一刻起，自己的双脚已经踩在一团火焰之上。冶炼，已经开始。

初出茅庐

炼钢车间有个特点，有高没宽，每个炉座都由多个平台组成，各平台之间又如同叠罗汉，一层摞一层，一直叠加上去，最高处距地面少说也有四十多米。用炼钢人的话说，只要走进厂房，就等于走进了三高：高空、高温和高粉尘。

赵恕昆主要负责电器管理。在他的眼里，炼钢车间就是一个巨大的舞台，车间里的每一个炉座就是舞台上的乐器，而自己就是这些乐器的调音师。他得学会倾听，他得随时倾听，了解每件乐器的音质，调整每个音节的音域，他必须使出浑身解数，保证舞台上能够演奏出雄浑完美的交响乐。

一台除尘设备突然之间发起了"脾气"，该转动的不转，不该响的又在乱响。设备一停，炼钢车间的粉尘一瞬间弥漫开来。这可是从国外进口的最先进设备，不仅在厂里是宝贝，在全国也是唯一。对如此珍贵的设备，厂里还没有人了解它，更不要说对它开膛破肚进行维修了。可赵恕昆的责任就是确保设备稳定运行，在整台交响乐中，哪怕缺一个音符都会影响乐曲的表现力，更何况现在是缺了一把大提琴般的乐器。

说干就干。赵恕昆找来配套的图纸，仔细地比对，调动自己的

特钢密码

一切知识储备，认真地查找症结，终于发现了病灶所在。他兴冲冲地动了手，小小的问题很快被拿下。然而，就在即将处理完成的一瞬间，一个不留心，一个配件滑落了，硬生生砸了下去。赵恕昆的脑子立即就蒙了，本来已经修好了大提琴，现在倒好，大提琴没拉出音，还把小提琴给废了。

现场众人纷纷围拢过来，一边紧锣密鼓地收拾"小提琴"，一边偷眼看看赵恕昆。这位英俊的大学生，平日里不论和谁说话，总是一脸的笑容，师傅长、师傅短地叫个不停，让人感觉那么舒服，那么招人待见。而现在，废掉的"小提琴"旁边，原先令人舒服、令人待见的一张笑脸被一脸沮丧、一脸懊恼和一脸的自责彻底掩埋掉了，连一丝的阳光都没有。

这一晚，赵恕昆没有回家。虽然平日里不回家是常事，尤其遇到检修就更不能回。但这次不同，这次不回家与检修没关系，这次不回家是因为揪心，是因为愧疚。他一直待在现场，直到看着设备重新启动，直到重新听到了大提琴、小提琴悦耳的合奏音。

主管设备的厂领导早看透了他的心思，当又一部冶炼交响乐重新拉开帷幕之时，厂领导走到他跟前，拍拍他的肩膀，说："小伙子，累坏了吧？"

厂领导的关心，更让赵恕昆羞得满脸通红，正不知道该如何回答，厂领导却说："不要气馁，年轻人就应该有闯劲，不闯一闯怎么知道自己哪儿不行？没有失败，哪来的成功！"

小男孩

表盘上的时针指向了十二，正在现场检修的一帮人肚子一起咕噜噜叫起来。王永平看看众人，一个个灰眉土眼，黑黢黢的脸上只剩下两只眼睛滴溜溜转，活像一只只土拨鼠。再定睛看看赵恕昆，原本白净的一张脸，如同涂上了一层灰黑的油彩，巨大的反差让人几乎认不出来。有这么一个实在后生在跟前，王永平心里很是安稳，不管有什么活儿，一颗心总能踏踏实实沉在肚子里，再不用悬在半空中悠来荡去地打秋千。随口冲大家喊一声：今天中午都到我办公室聚餐。

说是聚餐，其实就是各人带着各自的饭菜，聚在一起吃。王永平问："恕昆，带咸菜了没有？"

赵恕昆随手把一个罐头瓶往桌上一摆，说："带着呢。"王永平立刻招呼众人，说："都来尝尝，都来尝尝，咱妈腌的咸菜特好吃。"

众人听见，一拥而上，一只罐头瓶很快见了底。赵恕昆笑一笑，说："师傅们爱吃，我明天多带些。"

"大家不要光吃啊，我说个事。"王永平这个段长当的，连吃饭也不忘安排工作："'三八'节快到了，厂里要组织一场联欢会，

特钢密码

咱们工段也得出个节目……"

王永平话音未落,众人已经把目光一齐投向了赵恕昆。王永平一看这阵势,正合己意,说:"恕昆,群众的眼睛是雪亮的,就你了,正好亮一亮我们工段的风采。"

在众人眼里,身高一米八一、体重一百四十斤的赵恕昆不仅长得帅,那一张笑脸还特迷人,再加上一副好嗓音,连男同事们都忍不住要多看他两眼,就差说出"既生瑜,何生亮"的话来。也难怪赵恕昆的母亲在人前人后总不自觉地夸上两句:"我们家小五长得就喜人,我们家小五特招人待见……"

几位女同事过来约他:"恕昆,明天是星期天,陪我们去逛街呗。"

赵恕昆正准备去市里的音像店转转,就一口应承:"行呀,明天一路电车站见。"

周日的阳光明显比平日更加灿烂,一路电车也比平日更加拥挤。这倒也无所谓,关键是自己的车票是女同事们给买的,这让赵恕昆心里不忍。电车到站了,赵恕昆第一个跳下车,给每位女同事买了支雪糕。女同事们彼此交换下眼色,就逗他:"恕昆,你陪我们去买衣服吧。"

赵恕昆坚决地回道:"不去不去,你们逛你们的,我得去音像店,还要去书店呢。"

女同事们又指指他的衬衣,说:"看你那衬衣,啥时候买的?

也该换件新的了。"

赵恕昆一挺腰,说:"这么好的衬衣,是我妈给做的,哪能买上了,我才不换呢。"

女同事们还是不依不饶地开着玩笑:"恕昆,不买衬衣可以,那回家的车票可得你给我们买啊……"一边说笑着,一边向服装店跑去。

没被女同事们"拉下水"的赵恕昆心中不无得意,冲着同事们的背影倔强地扔下一句:"凭啥了,我还给你们买雪糕来……"

恋爱,也是一种等待

厂里"庆'三八'联欢会"正在进行中,赵恕昆身穿一身黑色燕尾服,表演着自创的歌舞。他的歌声圆润,动作潇洒,让台下观众鸦雀无声。就在音乐停止的一瞬,他把衣襟往身后一甩单膝跪地,将一束玫瑰花献给了搭档演出的女职工。

节目紧扣"三八"主题,台下一片寂静,真是一个完美的作品。赵恕昆和搭档在寂静中谢幕,台下猛然间爆发出雷鸣般的掌声……

联欢会上的亮相,让"男神"的雅号迅速向四处传播开来。只是,当着赵恕昆的面,大家还是恕昆、恕昆地叫着,师傅们更简练,一口一个"昆儿""昆儿"地喊:

特钢密码

"昆儿,我家的电脑不行了,你去给看看……"

"师傅,没问题,咱下班就去。"

"恕昆,我儿子又把电脑搞死咧,还得你去给处理处理……"

"行呀,师傅……"

"恕昆,还没有对象吧?"厂团委书记也不放过任何机会:"计控处有个漂亮姑娘,中国计量大学毕业的,比你小两岁,怎么样?见一见?"

秋天是最富有色彩的季节,蓝天似乎更高远了,行道树呈现出层层叠叠的墨绿,街边果摊上的瓜果肆意地散发着香气。一对年轻人的第一次见面,陌生中透出一种清新,简单中又激荡着几许好感,看着阳光渐渐西斜,赵恕昆深情地说,再见。姑娘也抬脸看一眼对方,说,再见。

厂里的检修又紧锣密鼓地开始了。炼钢车间里看不到层叠的墨绿,闻不到瓜果的香气,不知道日头西斜。此时的赵恕昆已经被提拔为副段长,肩上的担子更重了,要保设备精度,要保设备运行,只为一个目的,就是保证炼钢炉正常出钢。他不知道当时说的一句"再见"代表多长时间,他只是清晰地看到,第二次与姑娘见面的时候,天空中正缓缓地飘着洁白的雪……

走向绿色

时光飞速旋转着,裹挟着世界,裹挟着文明,也裹挟着太钢第二炼钢厂的追求,进入了2000年。

为确保炼钢车间里的环保指数达标,厂里从国外引进了五台世界上最先进的除尘设备。眼看着设备很快安装到位,看着车间里的这一道崭新的嫩绿色风景线,每一个炼钢人都有说不出的高兴,只等它们启动,车间里就再不用捂着鼻子憋着气,也能干干净净地上班、清清爽爽地炼钢了。然而,设备安装只是第一步,更难也更关键的还在后面。想让设备充分发挥出性能,得看运行调试。

外商派来三个人帮助调试,厂长跟着看,赵恕昆跟着看,机电工段跟着看……时间走得很快,调试的进度却很慢。刘玉敏厂长等得心急,赵恕昆看得手痒,二钢人等得心中出汗……

厂长刘玉敏终于忍不住,把目光投向赵恕昆,喊一声:"恕昆。"

"到!"

"上!"刘厂长的话语简洁而有力。

已经身为机电工段段长的赵恕昆,又揽了一个大活儿。

设备调试不是一件容易事,需要了解设备性能,需要结合现场情况进行调整,就好比一个庞大的交响乐团中的一件乐器,可不是

特钢密码

赵恕昆的工作照（刘宝宝/摄）

能奏响就行，而是要按照曲谱来，C调、D调不能乱，高八度和低八度不能错。

一个不眠之夜过去了，十个通宵过去了，调试工作在艰难中精准推进、快速推进，赵恕昆和这些绿色设备配合得越来越融洽，调试也越来越得心应手。终于，一路绿灯，调试成功。

刘玉敏厂长如释重负，一身轻松。赵恕昆也一身轻松，如释重负。两个人相跟着离开绿色设备，走出炼钢车间，赵恕昆突然问：

"刘厂长，我想染个绿头发呢，你不骂我吧？"

二次充电

2003年3月,空气中的年味还没完全散尽,各家门上的对联还透着红彤彤的喜气,赵恕昆踏上了开往天津的列车。此行的目的是去天津大学攻读工商管理硕士研究生学位。妻子张玉洁抱着不满一岁的儿子,一直送丈夫到火车站。妻子说:"再亲亲儿子。"又叮嘱:"不为我,也为儿子,多注意休息,不要没明没夜的……"

赵恕昆认真地看看妻子,突然感觉,妻子真的很漂亮。从相识到成家,他好像从来没有这样专注地看过妻子。想当年,张玉洁从中国计量大学毕业后,只身来到太钢,一个小女子,做事干净利索,主管着全太钢的计量设备,出差是常事,去各个炼钢厂,各个轧钢厂,去百公里之外的矿山,可以说,哪里有生产,哪里就有她的身影。想想也真不容易。

工商管理硕士研究生的课程很多,专业化也很强。这些他并不发愁,最让赵恕昆担心的只有一门课——英语。想当年,初中读了三年,没找到学好英语的窗户;高中又读了三年,依然没敲开通往英语世界的大门。功夫下了很多,单词也背了不少,可每次考试总是一塌糊涂。高考成绩揭晓,尽管总分在全班是第一,但英语成绩却与及格线还有很大一段距离。这个成绩让录取他的太原重型机械

特钢密码

学院（现为太原科技大学）也感到很难堪，这样的成绩要过英语四级，几乎是没有可能。最终的结果，赵恕昆在大学里改学了德语。

然而，自参加工作以来，随着社会的进步，随着企业的快速发展，二钢厂的设备年年增加，年年更新换代，而新进的设备的标签和说明书，统统都是英文的，来单位帮助安装和调试设备的外国专家讲的也是英语。有时候，他想和老外们聊聊设备方面的问题，谈谈自己的创意，不得不借助翻译。两个人聊天，中间还夹个"陌生人"，感觉很不舒服。为了解决这种不舒服，为了能更畅快地倾诉，他不声不响地重新翻开了英语课本。

好在与他同行的还有同事王强。王强的英语很过硬，考英语四级都是小菜。赵恕昆真幸运，在天津大学的一年半时间里，硬是黏住了王强，王强几乎成了他的私人英语老师。王强心里也明白，想依靠一年半的时间，敲开在中学六年都没敲开的那扇大门，想凭借一年半的时间走进大学英语四级的世界，那可不是唱一首歌，不是跳一支舞，最终会是什么结果，连王强自己也不敢想象。

天下事就怕有心人，只有想不到，没有做不到。经历了一年半的恶补，熬过了五百多个不眠之夜，结果让王强真正见识了什么才是最强大脑，什么才是最牛能力。在 MBA 毕业考试中，赵恕昆的各门功课，包括英语，全部优秀。

2005 年，赵恕昆带着工商管理硕士研究生优秀学员的荣誉回到了单位。太钢一百五十万吨不锈钢项目正在如火如荼地建设中，六条崭新的冶炼生产线在太钢的北厂区已经初具规模。连同南厂区的四条生产线，如今的太钢第二炼钢厂已经具有十条炼钢生产线，一个全球生产线最全、炼钢设备最先进、冶炼品种最多的现代化炼钢厂已呼之欲出。他被任命为北区项目部三电主管。

女汉子

不知不觉中，儿子已经长大，并以优异的成绩考进了省实验中学实验班。赵恕昆看着儿子的录取通知书，不无得意地对妻子说："这么好的儿子，到哪儿去找？！"

儿子的优秀当然让做母亲的也无比自豪，可丈夫的得意反而勾起张玉洁心头郁结很久的不满：

"大赵，儿子叫爸爸的时候，看你答应得可兴了。可他长这么大，你都没有领他出去玩过，我说的对不对？连一次也没有。"

"是是是……"赵恕昆自觉理亏，紧着道歉："这个家全靠你，等休息日我带你们去自驾游，咱们去个山清水秀的地方，让儿子也开开眼……"

丈夫一脸的诚恳，让张玉洁心头即将暴发的汹涌波涛渐渐地又归于风平浪静。想想自己，从认识赵恕昆起，两个人极少去电影院，

特钢密码

极少去逛公园，就算他偶尔能陪自己上一次街，也是刚出书店又进音像店，脑子里完全没有"商场"这个概念。音乐，除了工作，就剩下音乐。在音乐之中，他拥有了又一个美妙的世界，拥有了许许多多的创意和乐趣。有一次丈夫去国外出差，本想着他会给自己买些稀罕礼品，给孩子买些稀罕玩具，哪知道回来时，只买了一副耳机和三张光碟，还兴奋地告自己："这是维也纳新年音乐会专辑，国内买不到。是维也纳爱乐乐团的代表作品，小约翰·施特劳斯、爱德华·施特劳斯，你也听听，这才是交响乐，这音色……"

音乐也是一种生活，自从相识以来，音乐代替了花前月下，代替了浪漫誓言，代替了儿女情长。自己也见识过追星族，直到成家之后，才真正感受到什么叫发烧友。有什么办法呢，谁让他是家中六兄妹中的老五，从小养成的固执和任性，就知道实干，认准了什么，不管不顾去做，十头牛也拦不住。

管他呢，谁还没有个爱好呢。日子还得过，工作都忙，自己忙，丈夫更忙，他每天天不亮离家，天黑透了才回来。家中的很多事还得自己去计划，去盘算，每天临睡前，也会想想一家三口自驾游的计划，盘算一下自驾游的行程。

一个周日过去了，丈夫单位有事，休息日改期；又一个周日过去了，二钢北厂区设备调试，丈夫不能不去；很多个周日过去了，张玉洁修改了无数遍的自驾游行程计划终于改不下去了。

在张玉洁的记忆里,丈夫是天不黑不回家。好不容易回来,说不了两句话,就会在电脑前一坐,把耳机往头上一扣,很大声地放着音乐,直至你快叫破嗓子,他才不情愿似的摘下耳麦,问一句:"你说啥来?"张玉洁就没好气地放大声音:"我说你去买台大电脑,你一个人住进去……"

张玉洁自己的工作也忙,工作就是一种责任,在这一点上,她和丈夫完全站在同一个战壕里。丈夫明显比结婚前胖了,她做通丈夫的工作,专门为他办了健身卡,丈夫也很"听话",乖乖地去体验了一次。不过,也就去了一次,那张健身卡就被扔进了抽屉,再没动过。张玉洁是又好气又好笑,不客气地指责丈夫说:"你每天就是晒渔网呢……"

赵恕昆不是不想打鱼,妻子的心意自己很清楚,他从心底里非常感激当年厂团委书记的牵线,让自己结识并最终娶到这样一位贤惠能干的好妻子。他也和妻子开玩笑说,你是咱家的女汉子。

张玉洁一语道破玄机,说:"谁要想嫁给二钢人,先得做好当女汉子的准备……"

求　变

2014年,赵恕昆从公司装备部部长的岗位重新回到了炼钢二厂。

特钢密码

每天早晨7时多,赵恕昆会准时出现在冶炼控制室,出现在冶炼平台,看看报表,感受一下炼钢车间的气氛。那满炉膛的火焰就像是兴奋剂,能让自己这一天精力更充沛,思维更敏捷,求变的欲望更强烈。

自1994年入厂以来,赵恕昆从见习副段长、段长、科长、副厂长、公司装备部部长等岗位一路走来,在参加工作正好满二十年的2014年,被任命为二钢厂党委书记、厂长。

目前的太钢第二炼钢厂,拥有南北两个生产区,是全球冶金企业中设备最全、最优,冶炼品种最多的炼钢厂。然而,不比不知道,一比吓一跳。在与国内一些民营钢厂的对标中,赵恕昆发现二钢厂与对方的成本差距大得吓人。

这是一个危险的信号。拥有最先进设备、最成熟工艺的炼钢厂居然比不过一家小小的民营企业。我们错在哪儿?我们差在哪儿?赵恕昆很会算经济账,就像当年,有母亲做的衬衣,坚决不再买新的,买过了雪糕,绝不再买返程的车票。

成熟的工艺就不会有错?赵恕昆想了很多,观察了很多,决定先从一个炉座开始试验。二十年的历练,让年轻的厂长深知一个道理:要让职工说话,要让职工敢闯。

生产会上,赵恕昆听着各科室、各作业区的生产运行汇报;职工座谈会上,赵恕昆给每名职工充分的时间,让大家提建议,谈思路:

赵厂长,天车工的工作条件太差,我们上车时候总是一手提饭桶,一手提尿桶，可我们的工资太低……

赵厂长，这么多年来，我们是一直按工艺操作，可不敢瞎来……

赵厂长，出了质量问题怎么办？后面的轧钢厂要是断了顿儿，我们可不好交代……

……

问题一个接一个，非常现实，又非常残酷。赵恕昆认真地倾听每条建议，又认真地记录每一条结论。如果墨守成规，仅看眼前是保了质量，但长远来看，仅成本一项，会被竞争对手越甩越远，后果会比死亡更难看。改变工艺肯定会带来质量波动，但只是短期的，一旦成功，效益会非常明显。同样是做蛋糕，既然能粗粮细做，为什么还要抱着昂贵的精粉不松手呢？

赵恕昆横下一条心，要向成熟的工艺动刀，他向全厂职工表态：必须改，出了事算我的！

火焰上的舞者

太钢第二炼钢厂的四层办公大楼坐落在一片绿色之中，墙面是一色的蓝色玻璃，远远望去，如一片蓝色的海，深远而明亮，让人充满想象。

当年灰头土脸的车间早已被深深地埋进历史，而炉膛中熊熊燃

特钢密码

烧的火焰更加清亮，如一朵朵鲜红的玫瑰，向一群身穿天蓝色工装的二钢人绽放……

又一轮"最美操作者竞赛"评比完成；又一项优秀操作法诞生；又一个职工创新工作室挂牌；职工爱心小屋吸引着各作业区越来越多的职工……

新的厂房宽敞明亮。然而，为了适应市场，为了在新一轮攻坚战中抢占先机，为了让二钢人这个团队更强大，赵恕昆又开始对厂房中的设备布局重新策划，炉膛中鲜红的火焰之上，又将上演一场精美的舞剧。

第二辑　特钢元素

第四章　突出重围

序

从钢铁企业踏入市场的第一秒钟起,一场场攻城拔寨的战役就已经打响。每一家企业都被围困,而为了生存,每一家企业又都在拼尽全力试图占领最后的高地。用户的需求就如魔术师手中千变万化的纸牌,让每一名观众眼花缭乱,让每一家企业争先去破解。俯瞰中国大地上的钢铁企业,体弱者纷纷倒下,幸存者也是如履薄冰。然而,在这场旷日持久的战役中,在日益白热化的博弈中,名不见经传的太钢不锈钢股份有限公司型材厂,却凭借出色的业绩,突出重围,在全国特殊钢领域一骑绝尘。

特钢密码

型材厂,这个于2005年6月才由原初轧厂、锻钢厂合并成立的新厂,在2014年的市场化利润超全年预算三十九个百分点。一个偶然的机会,笔者又看到了型材厂2015年4月的《生产经营分析报告》,市场化利润超预算四十个百分点。每一步跨上一个台阶,每一仗夺下一个高地。面对这艘已经全速起航的快艇,我们不得不保持一种仰望的姿势,而型材厂年轻的厂长郭光宇却冷静地说:"为了上华山,我们无路可选……"

初出茅庐

1992年春夏之交,初轧厂轧钢工段的设备检修已进入尾声,均热炉的加热工也已接到开始提温的指令,就等一千毫米可逆式初轧机装配完成,就能开车过钢了。

这台一千毫米可逆式初轧机是从原苏联进口的装备,"初轧"这个厂名多半也是因它才叫响吧,半个多世纪以来,它在太钢这个特大型钢铁企业中,已经成为衔接炼钢厂与轧钢厂的关键工序。没有初轧,就算轧钢厂再多,轧钢设备再精密,怕也只能干瞪着眼,只有喝西北风的份儿。

装配工作在迅速推进,只要把压下行程减速机装配完,就算大功告成。初轧机的压下手已经有些等不及,一边调整操作台的座椅,一边反复查看着生产计划，就等铃声一响，开车轧钢。

时间一分钟过去了，十分钟过去了，半个小时过去了，可压下行程减速机就是合套不起来。下一个工序的几个轧钢厂又在催促供料了，时间很紧，任务很重。参加装配的一帮人都有些急了，不时地抹一把头上的汗。几个人再一次翻开图纸，反复查看着：都是按图纸上注明的标准装配的呀，怎么就不行呢？以前都是 A 师傅带着安装合套，从来没出过问题。A 师傅这才刚退休，怎么就露了蔫气？人家 A 师傅合套的时候，可是从来不看图纸，现在轮到我们自己干了，居然看着图纸都装配不来，让人听到都是笑话。

A 师傅的厂龄和这台轧机不相上下，经验老到得很，不服气是真不行。有人就提议赶紧去找 A 师傅回来帮忙，丢人事小，如果误了生产，那可真是走到哪儿也抬不起头来了。又有人提议按图纸再试一试，图纸是最标准的，何况还是从原苏联版翻译过来的，不会有错。

正当人们左右为难一筹莫展的时候，设备点检员郭光宇挤到图纸前，说让我看看。几十年过去了，图纸依然保存得很好，郭光宇小心翼翼地把图纸摊平，一边细心地核对图上的数据，一边用铅笔在记录纸上快速地计算……

对眼前这个埋头看图纸的年轻人，大家好像并没抱太大希望。有的人在准备各类装配工具，还有人已经吹响了口哨，想把天车叫过来，重新再试着安装一次。图纸谁不会看，或者说，根本不奢望

特钢密码

这个年轻人能从图纸上找出什么灵丹妙药。这个从太原机械学院机械制造专业毕业的大学生，进厂也就两年时间，虽然一进厂就被分在运行钳工的岗位上实习，和大家滚战了一年多，但参加检修的人里面，随便站出来一个也比他的工龄长，比他的经验老到。当然，年轻人干活的认真细致劲儿还是给人留下很深的印象，他甚至闭着眼也能说清每台设备上有几颗螺丝，哪一颗松了该紧一紧，哪一颗已经锈蚀了该换掉。不经过风雨哪能看到彩虹，不管将来是否能长成一棵大树，至少现在还嫩，顶多算棵小树苗吧。都说桃三杏四梨五年，何况是人。

突然，郭光宇把手中的铅笔重重地往地下一摔，说："图纸错了！"

众人一听，把怀疑的目光一起射向郭光宇，不说话，却比任何语言更锋利："怎么可能错，这图纸都快有当爷爷的岁数了，你个小年轻说它错就错啦？"郭光宇读懂了刺向自己的每一道眼神，微笑道："以前不知道它错，是因为Ａ师傅在，Ａ师傅全靠丰富的经验操作，根本不看图纸，所以图纸的错误一直留到现在……"

"真错了？"

"进口的图纸也能错？"

"你比进口的还厉害？"

"那怎么办？"

众人你一言我一语，依然对郭光宇半信半疑。郭光宇说："这个简单，图纸肯定是翻译的时候搞反了，我们现在反过来合套，肯定能行。"

那就试试吧。大家在郭光宇的指挥下，开始反方向去合套安装。指挥天车工一升一降，再升再降……干着干着，大家猛然间都感觉到，现在的安装合套顺序，居然和当年A师傅指挥合套的顺序一模一样，越感觉一样，进度就越快，随着一声长长的哨响，压下行程减速机严丝合缝，合套安装一次成功。

轧钢机顺利地开动起来，一块块鲜红的钢锭在轧机间迅捷地穿梭着，变幻着。郭光宇把图纸小心翼翼地折好，大步流星地往办公室走去，他要把图纸上的错误彻底改掉。大家也都长长地舒了口气，你看看我，我看看你，都不说话，只是把佩服的目光齐刷刷投向郭光宇的背影，隐隐约约感觉到，一棵小树苗正倔强地向天空中拔节疯长。

家风传承

郭光宇对太钢的记忆是从上托儿所开始的。每天早晨，母亲把牙牙学语的小光宇包裹好，放进自行车后架上挂着的一只车筐里，一路骑到太钢第二轧钢厂的托儿所；到晚上，母亲再次把他包裹好放进车筐里，从托儿所一路骑回家。那只车筐真好，躺在里面很舒服，

特钢密码

以至每次到托儿所的时候，小光宇都不愿意出来，甚至还要耍个小脾气，哭闹两声。但这两句哭闹根本打动不了母亲，她是太钢第二轧钢厂机动科的工程师，管着全厂的设备，孰重孰轻，母亲分辨得非常清楚。打他记事起，就听母亲常告诫自己：你要做个有用的人。

什么是有用？什么是没用？坐在母亲车筐里的小光宇不懂。车筐是死的，小光宇却在一天天长大，躺在车筐里渐渐地伸不展腿了，只好坐起来。母亲的自行车轮一年三百六十五天从来也不停，每天从家旋转到厂，又从厂里旋转到家。在日复一日的旋转中，他只有一遍又一遍地看沿途的风景，看风景里匆匆走过的太钢人。只是风景并不好看，缺少很多色彩，像一幅黑白色调的油画，风景中的人也没有太多色彩，都穿一样颜色的黑蓝衣服，但笑起来都很灿烂，常常引得自己也跟着笑。母亲总说太钢好，姥爷也说太钢好，这并不是因为姥爷和母亲都是太钢人才自卖自夸，他常常听到邻居们羡慕地对姥爷说："看你们家多好，都是太钢的……"

到了太钢，就能做个有用的人吧。父亲当初也不是太钢人，他是北京医科大学的高才生，被学校相中，一毕业就被留在了学校工作，在自己一岁的时候，才从北京调回太原的一所大医院，后来又辗转调回到太钢总医院，终于也成了太钢人。父亲每天给人看病，母亲每天给大机器看病，小光宇感觉，还是能给大机器看病的母亲更厉害，就暗暗地有了一个目标：长大也当太钢人，像母亲那样去给设备看病。

在这一点上,大哥和他的想法恰恰相反。郭光宇有两个哥哥,因为父亲当初在北京工作,为减轻母亲的压力,两个哥哥自小就被送到百公里以外的原平农村老家,和爷爷奶奶一起生活。直到父亲调回太原,哥哥们才被接回父母身边。在大哥眼里,一身白大褂的父亲就是这个世界上最伟大的人,大哥便常常向三弟面授机宜:长大就当医生,像爸爸一样,穿上白大褂,多威风。小光宇很佩服大哥,尽管大哥的小学生活是在落后的农村度过的,但自从回到父母身边读中学,成绩就一直在全校名列前茅,这成了父母心中的骄傲,也成了自己努力学习的榜样。后来大哥也如愿以偿,顺利考上了山西医科大学,终于圆了"穿白大褂"的梦想,也算是继承了父业吧。既然大哥继承了父业,那母业就由自己来继承吧,经过一番努力,自己也考上了大学。在自己即将从大学毕业,即将成为太钢人的时候,仍不自觉地会想到儿时坐母亲车筐的情景:当年的那个托儿所不知道还在不在……

"商鞅"变法

当时光跨入 21 世纪的第二个年头,三十五岁的郭光宇被任命为初轧厂轧钢工段段长,成为全厂最年轻的科级干部。对于任何一个轧钢厂,轧钢工段都是当然的龙头工段。就如一场足球赛,中场组

特钢密码

织得再好，后卫防守得再牢，没有前锋的临门一脚，就都等于零。龙头工段充当的就是前锋的角色，能不能进球，能不能赢下一场比赛，将直接影响到全厂的效益。

在担任段长前，郭光宇不仅有过六年担任段长助理的经历，还干过一年副段长，主持工作。整整七年时光，通过一个眼神，他就知道职工想要表达什么，听到设备的声音，他就知道这件设备是该加油还是该检修。尽管如此，眼前的现状对自己依然是一个挑战：有些职工懂点技术就自以为是，技术不好的还不愿意学，组织培训课的时候要请病假，召开安全会的时候要请事假……这是一个老厂，这是一个老工段，大病没有，但小毛病不断。郭光宇把所有的问题归结为两个字，那就是"责任"。没有责任感，整个团队就是死水一潭，要激活这潭死水，就需要管理，需要规范，需要用制度去捍卫责任。经过几个昼夜的思考，一份崭新的管理制度亮相了。郭光宇知道，全厂上千双眼睛都盯着轧钢工段，都盯着这个三十五岁的工段长；郭光宇也清楚，这份制度无论是对自己，还是对轧钢工段全体职工，都是一次应对挑战、创新求变的壮举。一场战役，在众目睽睽之下，悄然打响了。

轧钢工段废钢区的散乱现象根深蒂固：几十公斤的废钢头装卸非常随便，扔到地上砸一个坑，碰到门上就是一个洞，让整个废钢区的现场如同刚刚打过一仗、被炮弹轰炸过一样，厂房地面坑坑洼洼，

在型材厂径锻车间，郭光宇研判产品质量（张登/摄）

厂房大门千疮百孔，而填充地面、修补大门的活儿变得比轧钢还要频繁。每个月的评比，轧钢工段都排名垫底。轧钢工段头疼，全厂跟着头疼。

新制定的奖惩制度并不复杂：发现一个乱扔的废钢头，惩罚岗位人员三十元；处理一个散乱的废钢头，奖励岗位人员三十元。有几个人自认为不含糊，结果被罚了款；有几个人主动去清理散乱的废钢头，结果得奖了。有人仔细地算过一笔账，考核三十元与奖励三十元，一里一外就是六十元，一个废钢头六十，十个废钢头就是

特钢密码

六百,乖乖,废钢区每天乱扔的废钢头岂止十个呀。

没过多久,废钢区已经彻底变了样,想找到一块乱扔的废钢头很难,想在地面上找到一个"弹坑"更难。大家背着年轻的郭段长,不得不竖起大拇指,说:"这个郭段长,他可是真'干'你了……"

又一次检修开始了。每次设备检修都要抢进度,这似乎已经成了惯例。为了抢时间,所有设备上的螺丝根本顾不上一个一个去拧,而是直接用焊枪割掉,等检修完,再换一个新的螺丝,直接用焊枪焊紧,既简单又省事。

让检修为生产让时间,让疲劳的设备带伤上阵,学机械制造的郭光宇感到,这简直就是一种恶习,是对设备的极大破坏。作为轧钢工段的段长,轧钢是分内的事,保证检修质量更是分内的事。一个人想要跑得快,跑得远,没有强硬的骨骼不行。同样的,想要多轧钢、轧好钢,没有完好精密的设备不行。而每台设备应该上几条螺丝,每条螺丝需要拧几扣,这都是有严格标准的,来不得半点虚假。他向全体参检人员提出了要求:拆装设备的时候,必须保证每一条螺丝完好,不允许动焊枪。

全工段的设备,起码有上千条螺丝,用手去拧,哪来得及呀……有人开始抱怨。郭光宇说,如果你的自行车胎漏了气,你会把整个轮胎换下来扔掉吗?好好的螺丝,只用一次就被焊枪割掉,你以为是大风刮来的?从今天起,设备上的所有螺丝必须用手拧,谁搞坏谁自己掏钱去买……

公元前356年，商鞅对秦国进行了一系列改革，推动秦国在经济、政治、军事等各方面得到长足发展。两千三百多年后的2002年，在太钢初轧厂轧钢工段，也掀起了一场巨大的创新变革。

生活交响

1991年5月1日，是郭光宇参加工作后迎来的第一个"五一国际劳动节"，而这一天，也是他新婚大喜的日子。结婚前，父亲交给他两千块钱，说，以后就靠你自己去打拼了。

父亲的话让郭光宇想起了自己上大学时最要好的同学陈学强，一位朴实的农家子弟。郭光宇喜欢陈学强的朴实，陈学强喜欢郭光宇的实在，两个人如影随形，成了大学校园里最铁的兄弟。陈学强的父母在村里种地，空闲时间专门养了几头猪，每年临开学的时候，父母就会去卖猪，再把用几头猪换来的钱包好，塞到儿子手里，说："这是你这学期的学费……"陈学强每次和自己聊天聊到父母养猪卖猪，就会哽咽着落泪，他在读大学期间很少吃肉。郭光宇想，可怜天下父母心，自己早就应该学着养"猪"。

成家，就意味着独立；独立，就意味着不能再依靠父母，一切都需要从零开始。首先需要找住处，他和妻子四处打听，终于在离

特钢密码

厂子不远的新城村租下一套二十平方米的房子，随后又跑到"五一"百货大楼，为妻子买了一辆红色的飞鸽牌坤梁自行车。在这个时代，结婚都讲究送"三金"，他就给妻子讲自己的大学同学陈学强，讲陈学强父母养猪，讲陈学强不吃猪肉。妻子就笑，说："你不是让我也不吃猪肉吧？"郭光宇懂得妻子，说："我们今天不吃猪肉，我请你吃田鸡肉。"一对新人跑到一家饭馆，要了一盘红烧田鸡，美美地吃了一顿。走出饭店，郭光宇问妻子："怎么样，田鸡肉好吃吧？"妻子说："还不错。"郭光宇又问："知道田鸡是啥？"妻子天真地看看丈夫："是啥？"郭光宇说："你见过的，就是青蛙。"妻子一听，浑身的汗毛都竖了起来，恶心得蹲在地下翻肠倒胃地呕吐起来……

新婚后仅仅三天，郭光宇就要去上班。妻子很奇怪，问丈夫一句："你们没有婚假？"郭光宇对妻子歉意地笑笑，说："厂里检修，我得去。"妻子很理解丈夫，两个人在高中就是很要好的同班同学，彼此非常默契，他一个眼神，她立即心领神会。他抬起手腕看一眼时间，她就站起身推开门，送丈夫到门口，又关切地补一句："你路上慢点。"

累了一天的郭光宇很晚才回家，头一挨枕头就呼呼睡去。以前郭光宇有个寻呼机，常常深更半夜滴滴地响。只要一响，单位肯定有事，睡觉很轻的妻子就推醒丈夫，说："快起吧……路上慢点……"

两年后，儿子降生了。他们需要换一个大点的房子，至少能再塞进一张婴儿床；又两年后，他们需要换个地方住，至少应该离幼儿园近点。但是，租来的房子就得看房东的眼色。房东高兴的时候可以多住几天，房东不高兴了就得搬家。好在家里的东西并不多，一辆平车就能装下全部的家当。

1998年，公司的一批安居工程如期竣工，郭光宇也如愿分到一套七十一平方米的住房，这比当年结婚时租的房子足足大了两倍还多。"家"，让郭光宇感到了幸福，感到了温暖，感到自己的选择没错。

永不流动的流动红旗

2008年8月，径锻项目在型材厂正式启动。这是一块全新的阵地，公司投资引进了一台全球最先进的一千八百吨径锻机，有了这台设备，型材厂就如虎添翼，将会迅速成为集轧材、快锻、径锻三个经营板块为一体的新型特殊钢生产基地。

也许是母亲的遗传，郭光宇生来就对设备感兴趣，甚至对设备有了一种依赖。2004年，当他还在轧钢工段当设备点检员的时候，就为初轧机设计了钢锭车，一举获得国家专利，并获得当年太原市的科技进步个人二等奖。时间流淌了一年又一年，而那台钢锭车依然是不可缺少的一部分，为生产发挥着不可替代的巨大作用。

特钢密码

径锻项目紧锣密鼓地向前推进，公司的十二个大项目也在加紧建设中。为保证各项目工程的建设质量，公司在十二个建设项目间开展了一项"夺旗"竞赛，由专门成立的评审组，对各项目从工程进度、工程质量、现场管理、资金管控等各方面进行综合评价，按月评比打分，哪个项目得分高，流动红旗就会挂到哪一家鲜红飘扬。

郭光宇非常庆幸自己能负责这么大的新项目，进厂这些年来，从设备点检员到轧钢工段段长，从段长到设备能源科科长，再从科长到主管设备的副厂长，十八年的历练，让他从没有离开过设备，只要一说起设备，就特别来精神。看着厂房中一排排一列列的设备，就是一幅构图完美的国画，而设备转动的声音犹如一场盛大的交响音乐会。

对每个人来讲，待在家，才是最安全的；对郭光宇来讲，待在项目工地，才是最享受的。为了让型材厂更早一天享受到先进设备带来的优势，为了让市场更早一天听到型材厂率先奏响的钢铁交响曲，施工现场就是自己最美好的家。他盯着施工的每一个步骤，观察着奥地利专家进行设备安装的每一个细节。他佩服，这些专家对设备的了解就如一个小提琴手对自己的乐器那样熟悉，松紧快慢控制自如；他又感叹，就算是专家，也无法改变自己喝咖啡的习惯，为此，厂里需要专门安排车辆送他们一趟，而每去一次至少也得一个小时。一天如此，两天如此，天天如此……这样下去怎么能行？

郭光宇急了，车接车送无所谓，关键是只为喝咖啡，太不值得。经四处询问，发现曾接待过外国专家的兄弟单位有咖啡机，赶紧借来，往专家跟前一摆，几个老外一下子瞪大了眼睛，惊喜地喊起来："OK，OK……"

第一个月的"夺旗"竞赛结果出来了，径锻项目夺得了第一个月的流动红旗。郭光宇让人把流动红旗挂在径锻项目经理部办公室的墙上，说："不许再摘下来啊……"

果然，那面流动红旗直到项目竣工，也没有被夺走，它端端正正地挂在墙上，红旗不大，却把整个项目经理部映得红彤彤一片。

退货风波

型材厂的三条生产线非常争气，产品种类日益丰富起来，产品的应用领域也在迅速蔓延，从民用到高科技，从军工到国防，产品质量已经达到国际先进水平，市场占有率稳步提高，有些品种的市场占有率甚至接近百分之百。

市场占有率就是用户最好的口碑，这让已经升任型材厂厂长的郭光宇非常自豪。他翻开世界地图，用红笔画出一条条鲜艳的射线，每一根射线的原点都是中国山西太原，而每一条射线的终点又向四面八方辐射出去，如同一张撒开的渔网，亚洲、美洲、澳洲、欧洲

特钢密码

等等广大的地区似乎都成了网中的鱼。只是,渔网的密度还不够均匀,有的地方紧密,有的地方稀疏,还有些地方,渔网根本就触及不到。

问题,还真来了。为某客户生产的订单已经下线,只需按客户要求的尺寸锯切,就能按时交货。然而,由于操作不精心,职工所锯切的产品竟然比客户所要求的标准短了一百厘米。

作业区问:"怎么办?"

主管科室问:"怎么办?"

客户也在问:"你们准备怎么办?"

郭光宇冷静地回答:"按《质量奖惩管理规定》严格执行惩罚。"

罚款一万元,分三个月执行。这不仅是郭光宇上任以来,最多的一次罚款,也是型材厂有史以来最严格的一次罚款。这名职工真受不了,带着满腔的"火"气,直接闯进了郭光宇的办公室。

职工质问郭厂长:"你是不想让我过了吧……"

郭光宇反问职工:"你是不想让型材厂过了吧……"

职工委屈地申诉:"我又不是故意的……你还真要考核……"

郭光宇很清楚,一个企业就相当于一个人,每名职工都是这个巨人身上的一个细胞,如果一个细胞有病变,面对一个小肿瘤不下狠手割掉,最后伤害的就是整个人。他没有当医生,但从父亲那里他也学到很多,他太了解医生了,他也尊重医生的职责,那就是治病救人。对这名职工的处罚,不是害他,而是在治病,为型材厂这个巨人治病。

郭光宇正色地问职工："你敢把这理由和客户去说？你知道你的一个失误让我们厂损失多少吗？你知道如果丢掉这个客户，我们厂会损失多少吗？你知道因为你的失误让全厂每个职工都被考核了多少吗？……"

郭光宇连珠炮似的一串反问，让这名职工自己都恨不得打自己几个耳光，站起身说："郭厂长，对不起，以后再也不会了。"

人要遇到不顺的事情，真是喝凉水都塞牙。一波刚平，一波又起，又一位客户对产品不满意，态度强硬地要求退货。

这位客户所订的产品是要发往国外的。在郭光宇的地图上，这根鲜红的射线直接伸向了美洲。到手的鱼，无论如何也不能再放回海里去。郭光宇亲自带队去面见客户，他知道，但凡提出退货的客户，要让对方收回成命绝非易事。事实上，保住一块阵地往往比攻下一块新的高地更难。

提出退货的这位老板是一位女性，但出乎郭光宇意料的是，这位女老板对来访者竟然毫不客气，双方刚一见面，会场的温度就急速上升：

"你们太钢怎么回事……"

"你们太钢做的是什么产品……"

"你们太钢……"

特钢密码

"你们太钢……"

女老板的声音越来越高,让郭光宇的脸红了又红,屁股下面发热、发烫,随行一起来的几个人也都有些坐不住。如果只为这一个订单,他郭光宇发不了财,对型材人来讲,更是九牛一毛,完全可以起身走人。然而,这就是市场,这就是竞争,各企业在"围困"与"反围困"的关键时期,哪怕一块弹丸之地的得失,都可能左右整场战役的胜负。他向同行的各位使个眼色,让大家沉住气。他在倾听女老板的"申诉",他在分析女老板的退货理由,他渐渐地从女老板的话中找到了捍卫这块高地主权的充足信心。当女老板的声音终于低沉下来的时候,郭光宇知道,对方已经把该说的说完了,不该说的也说完了,现在,该让她听听太钢人的说法了:"第一,你和我们太钢的合同上明确的产品性能指标是A,对吧?"

女老板不冷不热地应道:"是又怎样?"

"第二,我们太钢给你的产品,性能指标也是A,没错吧?"

女老板的眼睛立刻又瞪得老大,说:"可我们在加工的时候有问题……"

郭光宇不仅不急,反而开始安慰对方,说:"这个请放心,我们帮你分析加工难的原因,我们帮你解决加工过程中的技术难题,我们帮你改善加工过程中的工艺标准……"说到最后,郭光宇用坚定的眼神盯着对方:"你也是女中豪杰,我们太钢的产品是全球最好的，我们可以强强联合……"

郭光宇的一连串"帮助"让女老板由原先的激动，逐渐变成了感动。她终于发现，大企业就是大企业，真不一样，与这样的企业打交道，保险。

这位女中豪杰不仅没有再提退货的事，反而又续上了更多的合同，还痛痛快快地说："以后我就订太钢的货啦……"

经过这一次访问客户，也让郭光宇多长了一个心眼：不仅要关注直接客户的需求，更要关注间接客户的需求。说白了，只有知道客户用你的产品去做什么，我们才能在生产中更加有的放矢，收放自如。

幸福的国庆节

国庆节就要到了，郭光宇带着生产主管，带着技术质量主管，带着轧钢作业区主管，又一次出发了。每一次去访问客户，都是一次艰难的旅程。更确切点说，每一次出访，都是在向更顽固的堡垒冲锋。每到一处，都要向客户介绍自己的产品，介绍产品的优势，介绍太钢的发展……为了求生，为了型材厂全体六百多名职工的尊严，郭光宇已经完全变成了一个商人，极力地把生存之路拓得更宽，更广。

特钢密码

面前的客户听完郭光宇滔滔不绝的推介,却面无表情,郭光宇说:"不买也行,你可以先试试吗。"客户就有些不耐烦,冷冷地说:"既然这样,十天之内你给我发一批。如果可以,我们就用你们太钢的……"

十天时间。现在已经是9月28日,再过两天就是国庆长假,实际留给自己的时间还不足五天。这可不是买菜打酱油,从炼钢到轧钢再到发运,对钢铁厂来讲,这可是牵动所有神经的全身运动呀。

郭光宇带着一行人迅速赶回厂里,向公司汇报情况,向全厂下达生产指令,向发运部门请车,一系列的工作在国庆期间全面展开……

10月7日,国庆长假的最后一天,一车型材厂的产品稳稳地停在客户的面前。型材人看不见这位客户是什么神情,型材人只是从电话中听到客户惊奇而激动的声音:"你们太了不起了,我们订你们的产品,我们就订你们太钢的产品……"

海棠盛开

2020年12月,太钢集团正式加入中国宝武钢铁集团有限公司,在激烈拼争的钢铁市场,布下一盘更大的棋局。

2022年12月1日,为促进产品研发、制造、营销一体化协同管理,实现成材厂由制造单元逐步向经营单元转换，型材厂正式更名为中国宝武太钢集团型材事业部，形成了一个集特殊钢轧材（坯）、特殊钢锻材、特殊钢电渣冶炼生产为一体的特殊钢生产单位。

型材事业部的办公楼前有一棵海棠树，齐腰粗的树干被一圈红色的木栅栏围着，俨然是重点保护对象。这棵树栽种于20世纪90年代，她看着初轧厂凭借"作风务实，干事求实，效果扎实，生活朴实"的四风文化一路昂扬走来，她盯着型材厂持续转型提升，向着"超越自我，跑赢大盘，追求卓越，全球引领"的目标飞越跨进。现在，她依然继续伴随着型材事业部灿烂地盛开。

郭光宇的办公室在二楼，每年四五月的时候，不用推开窗户，就能闻到满树海棠花的香气。不断有用户的电话打过来。郭光宇整整衣装，心里开始谋划着这一局大棋的下一步，该怎么走。

第五章　特钢工匠

序

牛国栋的"牛"和他的姓没有关系。细看他的简历，1975年出生，1997年至今在太钢工作，连续当选为党的十八大、十九大代表。一条直线简单得连点曲折也没有。

这个简单的太钢人只有一个简单的目标，就是把钢轧好。

把钢轧好。这个目标实现一次简单，难的是年年做到。可牛国栋做到了。从2006年至2021年，牛国栋的每一年都有一座奖杯，连续十六年不断。他十六年的成绩与荣誉，让我看到了一座特钢的大厦。

求学之路

牛国栋第一次认识"轧钢"这个词,是从太原冶金工业学校开始的。1995年的高考让牛国栋记忆深刻,他从家乡文水,考进了位于山西省城的这所中专学校,学的就是轧钢专业。"轧钢",这个新鲜又陌生的词汇让他感觉到了骨骼般的强硬。刘胡兰就是文水县人,面对敌人砍头的铡刀,这位少年女英雄昂首挺胸慷慨赴死的故事,让文水县蜚声中华大地,也让牛国栋从小就激情满怀。牛国栋想着有朝一日,自己也能出人头地。

两年的学习生活填充着他灿烂的梦想。书本上的"钢"和"铁",不管消不消化,统统先嚼碎了,嚼烂了,吞进肚子里。他感觉,自己接下来的人生,是要与钢铁凝结在一起,分不开了。他被选为学生会主席,随后还收获了一份甜蜜的爱情。当然,担任学生会主席与收获爱情有一定关系,也没有关系,这是后话。关键是,太原冶金工业学校,让一棵小草有了长成参天大树的梦想,让一个懵懂无知的文水少年拥有了想要去探寻一条更宽广人生之路的强烈愿望。

1997年7月,牛国栋拿到了学校发给他的两个证,一张红色封皮的毕业证,一张白底浅蓝方框的派遣证。他翻开来,太钢,一个全新的世界在他的视线中一点点清晰。这个诞生在20世纪30年代的钢铁公司，在经历了解放战争血雨腥风般的洗礼，在经历了改革开放大潮的冲刷之后，已经成长为享誉全球的大型特钢集团，身居黄土高原上的山西省会城市，正面向四海敞开怀抱，迎接全天下的钢铁骄子。

牛国栋想，自己也应该是骄子中的一分子，也期待着能快步走上钢铁平台的前沿，去体验来自钢铁的温度。

心中的天有多大，眼前的路就有多宽广。牛国栋的心里早已规划好了接下来的每一步棋：第一步是报到，第二步是熟悉环境、认识厂区，第三步是被分配到岗位上，最好是去轧钢，用自己在学校吃了两年的专业"饭"，干一番事业。

事业，这是牛国栋突然间想到的词儿。只要是自己想要做好的事，都可以叫作事业。轧钢，当然也算，也必须得算。

牛国栋心中的棋局已经设置到位，只剩下一步步推进。然而，还没等到分配，一个意外突然间打断了他行棋的节奏。

山西青年管理干部学院的录取通知书到了，要他去该院的青工系青少年教育专业脱产学习两年。

此时的牛国栋才想起来，在从太原冶金工业学校毕业之前，参加了一次全省统考。考试是由山西省委组织部和山西团省委组织的，目的很明确，就是选拔优秀的大中专学生，去基层从事共青团工作。山西青年管理干部学院将按考试成绩，择优录取两个班，为全省各地培养从事共青团工作的青年干部。

这是个机会。牛国栋把每次考试都当作是机会,当作开阔视野的机会,当作丰富人生的机会,当作挑战未来的机会。这一次,自己的成绩排在全省的前十名,等于是把机会牢牢地抓在了手心里。

全省的前十名。无论是谁遇到这样的成绩,都不会松手。山西青年管理干部学院,或称为"省团校",电话一次次打过来,提醒他按时报到。

牛国栋规划好的棋局完全乱了。仔细数一下,走进太钢也仅仅是第十天,还没有看到特钢冶炼的火焰,就要告别,心里是隐隐的不安。自己来太钢,还没有起飞,就要退却?这算不算是退却呢?他也知道,脱产学习不是谁都有这个资格。机会,是留给有准备的人的,而"有准备的人",是需要用工作实力来证明,需要有足够多的工作经历做铺垫。牛国栋忍不住苦笑一下,自己不仅没有铺垫,甚至连规划好的第三步棋都还没走,想获得这个机会,真的有点异想天开,就算天上有足够多的馅饼掉下来,也不一定能砸到自己。

他忍不住抬脸看看天空。太钢的烟囱真高,直刺蓝天,有几片白云淡淡地挂在头顶,把太阳光撕扯成一缕缕的金线,直射到脚下平展展的水泥路上。这哪里像是钢厂的路,一点也不输市区。他走着想着,想着走着,一点点驱赶着不安。当公司通知他可以去脱产学习的时候,他甚至愣怔在原地,半天没缓过劲儿。

特钢密码

有时候，当渴盼的幸运来临之时，反而会让人不知所措。在太钢的历史上，牛国栋是唯一一个刚参加工作就被允许脱产学习两年的人。直到二十多年后的 2021 年，牛国栋说起这件事，仍然难掩感激之情："太钢对我真的恩重如山！"

初出茅庐

轧钢是件美妙的事。一卷银亮的不锈钢被缓缓展开，送进冷轧机，随着轧辊的旋转，钢带变得越来越薄，也越来越长。这里是太钢不锈冷轧厂，这里的钢铁，看不到烟熏火燎的印迹。每一卷不锈钢的重量按吨算，而产品的厚度已经被精细到了一毫米的十分之八，十分之五，十分之三……一毫米有多厚？几张 A4 纸而已。

牛国栋看一眼操作轧机的银师傅，再看一眼闪着银光缓缓下线的不锈钢卷，眼睛有点痒，手心里更是痒。

又一卷不锈钢被送到轧机前。不锈钢的特性不只坚硬，弹性还很强，被卷起来的钢卷就如同被强力压缩的弹簧，又如同一匹还未驯服的野马，在周身捆了三道钢带，才算束缚住它的倔强。

然而，要轧制，就得先开卷。开卷，就是把捆绑钢卷的钢带剪开，就是给还未驯服的野马松绑。牛国栋毫不犹豫不假思索第一个冲了上去，对着捆绑钢卷的钢带"咔嚓"就是一剪子……

第二辑 特钢元素

牛国栋看着银光闪闪的不锈钢卷（王旭宏/摄）

立即，牛国栋就听到一声呼啸，被剪断的钢带就像一根铆足了劲的皮鞭，直冲着自己的脸面甩了过来……

立即，银师傅暴怒的吼声炸响了。师傅的吼声简单、干脆，如同一根锋利的钢锥，直接扎破了牛国栋稚嫩的自尊。师傅究竟吼了什么，牛国栋不想说，我也不想再次揭开他曾经的伤疤。但这吼声一定让全班的人都听到了，他们都停下了手里的活儿，目光齐刷刷盯着自己。

牛国栋摸摸自己的下巴，隐隐有些疼。再偷偷看一眼银师傅，不只下巴疼，心里也疼。

整个班下来，银师傅没有再搭理牛国栋。

· 101 ·

特钢密码

整个班下来,牛国栋没有敢再看一眼银师傅。即使不看,他也能感觉到师傅身上散发出的浓浓的火气。

真悬!

真叫悬!!

选择和钢铁打交道,是不是错了?牛国栋想着,自己是不是入错了行?是不是进错了门?

从省团校毕业,他本来可以不回太钢的。两年的学习,让他学会了思考;两年的学习,让他拥有了梦想;两年的学习,让他羽翼渐丰。如果太原冶金工业学校是他起飞的原点,那省团校就是一座助力他飞得更高、飞得更快的加油站。他不仅通过了公务员考试,还光荣地加入了党组织,成了一名中国共产党党员。

家乡的公务员岗位在向他招手,家乡的一份青年团工作在向他招手,家乡的父母也向他投来慈爱的目光。他读过《论语·里仁篇》,深知"父母在,不远游"的道理……

可最终,他还是选择了太钢。不要问为什么,太钢让他走进了"加油站",太钢给了他展翅翱翔的机会,他不能等油加满了,却一扭脸拍拍屁股走人。那会留下一辈子的愧疚。

下班了。银师傅走过来,拍拍他的肩,说:"跟我走。"

他就跟着银师傅走。走出厂区,走出厂门,走进了路边的一家小饭店。

饭店的生意还挺红火。他们两人找个位置坐下,银师傅还要了一瓶酒,是汾酒,红盖的玻璃瓶。

银师傅问:"小牛,你为什么要轧钢?"

这是牛国栋第一次喝酒,这是牛国栋第一次喝师傅的酒。他说:"银师傅,我想挑战……"

银师傅就盯着他的下巴说:"还疼吗?轧钢可不是玩的。学校才教了你两年,可我在厂里已经学了三十多年……设备天天在更新,工艺天天在更新……"

师徒两人谈了很久,不知不觉间,酒店里的人声一点点散去。牛国栋的头脑很清醒,只是感觉脚下踩着棉花。银师傅就用自行车驮着他,一路走,一路说,一路哭,一路笑,一路把他送回了宿舍。

太钢,谁敢说这个全球闻名的特钢企业,会没有能让他展翅翱翔的天空?

牛国栋的轧钢之路,才刚刚开始。

爱的节奏

宁淑霞对牛国栋的第一印象特别深,要用一个字形容,就是"笨"。两个人是太原冶金工业学校的校友,宁淑霞是1994年考进来的,比

特钢密码

牛国栋还早一年,要是单论在冶校的学龄,牛国栋还得管宁淑霞叫一声学姐,尽管宁淑霞比牛国栋还小着三岁。

说牛国栋"笨",宁淑霞是有依据的。这是一次学校组织的活动,由牛国栋领着护校队的队员们表演擒拿格斗。表演嘛,那就是把平日学的几个动作演出来,演给同学们看,拳、掌、勾、爪、盖步、亮掌,有模有样走一下,要的是个漂亮效果,又不是真有贼让他们去拿下。偏偏牛国栋不把表演当表演,他认为表演就是"实弹"演习,金鸡独立就是要立住,倒地前扑就得实实在在扑通一声倒在地下。宁淑霞记得,牛国栋前仆倒下的一瞬间,手掌把水泥地板也拍得山响,让自己的浑身上下也不由得一紧。他倒是英雄得很,连个弯都不会拐。

宁淑霞学的是计算机,牛国栋学的是轧钢。两个班的教室是个斜对角,站在轧钢班教室的门口,能看到计算机教室里的黑板;站在计算机教室的讲台上,也能望到轧钢班宽大的门窗。牛国栋是学生会主席,就常常踱步到计算机教室门口,给宁淑霞安排点工作。宁淑霞是班长,干完工作就得及时向牛主席汇报。太原冶金工业学校所处的位置正是市中心的新建路,学校对面就是太原市动物园。春来秋往,公园不只留下了鸟语花香,也留下了两个人沿着龙潭湖畔散步的倩影。就这样谈着聊着,聊着谈着,就毕业了。

宁淑霞家在稷山,毕业后也留在了太原,被分配到了太钢十校,成了小学生们的灵魂工程师,教孩子们计算机课。闲暇时,仍能回想一下冶校的生活，回想一下牛国栋表演擒拿格斗的一招一式，心里忍不住嗔一句：真笨，摔疼了也是活该。

2000年4月9日，牛国栋和宁淑霞这两个异乡人，在太原市有了他们自己的家。

独步巅峰

太钢不止有一个轧钢厂，按阿拉伯数字排序，从一轧厂一直能排到七轧厂，这还不算初轧厂和热连轧厂。牛国栋所在的七轧厂始建于1967年，随着装备的不断升级，已经拥有了全球最先进的不锈冷轧生产线，是世界最大的不锈冷轧薄板专业生产厂。1998年9月，山西太钢不锈钢股份有限公司成立，太钢七轧厂正式更名为太钢不锈冷轧厂。

2002年，太钢不锈冷轧厂从法国进口了世界最先进的森吉米尔廿辊冷轧机。10月是收获的季节，设备也进入了最后的安装调试阶段，牛国栋被派到调试现场，配合法国专家的工作。

此时的牛国栋已经是轧钢乙班的班长。全班七个人，就数他的学历最高。从冶校中专毕业，到省团校大专毕业，再到1999年底，上班还不到一年，就已经通过了本科毕业的论文答辩。轧机上的那几个字母根本不是菜，配合外国专家的调试，掌握设备操作的精髓，

特钢密码

才是关键。

跟着外国专家调试，说白了就是给专家打下手。打下手，在有些人眼里是小工，在有些人眼里是麻烦，而在牛国栋眼里却是挑战，是又一次机会。牛国栋很清楚，越是先进的设备，其中的奥秘就越多，更关键的是，很多奥秘你根本看不见，摸不着。人家是卖设备，只要把设备给你往车间一墩，就算完成任务。你不闻不问，绝没有谁会主动告你。等设备投产了，出问题了，再请人家来解决，耽误的时间就不说了，专家可不是闲人，专家的时间也是需要用钱买的，来一次就是一次的费用，机票、酒店住宿，都得从太钢兜里往外掏。这些年太钢发展的步子是迈得够大，不锈冷轧厂的绩效是提升得够快，产品多次获得"中国消费品市场深受欢迎百佳产品"称号，先后获得"冶金产品实物质量金杯奖"和"全国用户满意产品"等荣誉，不锈冷轧厂的产品已经成为最受消费者欢迎的工业产品之一，能出口到美、欧、日等三十多个国家和地区。这些成绩可都是大伙努力的结果，那一卷卷不锈钢可都是大伙认认真真拼出来的，每一分钱都是大伙用勤劳的汗水换来的，谁也不能不把事儿当事儿，不把钱当钱。一次能解决的问题，能为以后省去很多麻烦。

牛国栋认为，每一个太钢人都是主角，他当然也是。他的每一次操作，都是一次创作，每一卷不锈钢，都是一件精美的艺术品，这样才能被更多人接受，才会有更多人欣赏。

第二辑 特钢元素

新设备调试,就如同驾驶一辆磨合期的新车,速度不能太快,但通过脚下的油门,一踩一抬之间,就能感受到大浪一般汹涌澎湃的动力,又似在弹奏一曲清新活泼的《雨打芭蕉》。这是中国工人的境界,是太钢工人的境界。

设备正式投入了生产。二号二十辊轧机就是他的阵地。接下来的每一天都在繁忙中度过,接下来的每个班都在挑战极限。

市场的需求越来越精细,用户需要的不锈钢产品也越来越薄,甚至与一张 A4 纸的厚度不相上下。问题来了:再好的车辆,也有个速度极限;再好的轧钢机,也有个控制瓶颈。

一卷漂亮的不锈钢,在轧机中走着走着,突然间"啪"一声响,断了……

又一卷不锈钢上了轧机,目不转睛,盯着一米多宽的不锈钢被轧辊咬住,轧过,如同擀面一样,终于没有听到那一声可怕的"啪"声,一颗心算是落了地。可是一检测,一卷料的头尾部,至少有三四十米都超出了公差。

超出公差比断带更让人难受。就差三四十米,明明已经看到了黎明,偏偏不让你再前进一步。

牛国栋的心被冷轧机紧紧地揪住了,被那银白色的不锈钢紧紧地卷成一个卷儿,晾在了厂房的废品区。

· 107 ·

特钢密码

亲情回忆

如果能把时光重新拉回到 2006 年，宁淑霞是绝不会让丈夫送儿子去幼儿园的。那一年的儿子才四岁，在太钢第五幼儿园上中班。

宁淑霞的课安排得实在太紧，必须早点到校做出安排。原先所在的太钢十校已经和太钢第五中学校合并，自己代的课不只是小学生，还增加了中学生。没办法，只能自己辛苦点了。唯一的不利就是家太远。太钢第五中学校在太钢西侧的大同路上，而太钢第五幼儿园和自己的家都在太钢东侧的恒山路上，两条路的中间就是被人称为"十里钢城"的太钢厂区。如果从天空俯瞰，家和学校倒像是别在一艘大船两侧船舷上的救生圈，随着市场的波涛起伏荡漾。

从恒山路去大同路，得绕过厂区。太钢这艘船实在太大了，开车绕过去怎么也得二十多分钟，如果不巧再赶上四五个红绿灯，半个小时才能过去。

宁淑霞告丈夫说："我赶时间，今天你送一下孩子吧，晚上我接。"

牛国栋痛快地答应一声："可以！"

宁淑霞放心地出了门。

牛国栋也痛快地出了门。

宁淑霞把车开得飞快，瞬间就不见了踪影。牛国栋把自行车也蹬得飞快，很快就到了太钢第五幼儿园。可他们到得太早了，幼儿园的大门还没开。夏至的太阳明显不爱睡懒觉了，怪不得会有夏令时。可自己也不能迟到，当班长的，让组员怎么看呢。还有，技术比武已经箭在弦上，绝不能再有闪失。

他就蹲下身，摸摸儿子的头，说："儿子，你就站在这儿等，不要乱跑，老师马上就来了。"

儿子有些委屈，可还是点点头。

牛国栋又说："爸爸先走了，你要听话。"

话音未落，太钢第五幼儿园门前已经只剩下一个孩子孤零零的身影。

这一天，宁淑霞放学特别早，她第一个到幼儿园接儿子。老师牵着孩子的手交到宁淑霞手上，想骂又不能骂，只好不冷不热地叫了一声"宁老师"，说："您这做家长的，心可真大。"

倒班的人，公休时间不能看周六周日。轧钢机连续运转，四个班轮番上阵。牛国栋好不容易遇到一个周六是空班，难得能和妻子、儿子来一个全家的休息套餐。宁淑霞就开着车，一家三口直奔榆次的哥哥家。侄儿灏灏比儿子大一岁，都是独生子女，两个小兄弟见了面亲得掰也掰不开。一家人乐呵呵的，笑声不断。

团聚的时光总是非常短暂。牛国栋的手机不合时宜地响了起来。是厂里的电话，是轧机上的事情，情况紧急，他得立刻回厂……

特钢密码

宁淑霞看看丈夫，知道必须得走。哥嫂正忙着要准备午饭，听到牛国栋的电话，也无奈地停了手，说："有空就再来，有空再来。"

两个小兄弟也止住了笑声。灏灏拉着姑姑的手，恨恨地说："姑姑，你以后不要带姑父来……"

回太原的路上，牛国栋提了个建议，想考驾照，被妻子立即回绝："快省点心吧，你满脑子想的都是轧钢机，我给你当司机就够了。"

奋斗本色

"宝剑锋从磨砺出，梅花香自苦寒来。"

只要把牛国栋的每一座奖杯读一遍，就能读出一个振奋人心的词汇——奋斗：

2006年，在太钢第二十七届职工标准化操作技术比武大赛中，夺得冷轧不锈钢轧钢工状元；这一年，他被派往德国参加了为期二十一天的轧机机械培训。

2007年，在太钢第二十八届职工标准化操作技术比武大赛中，蝉联了该项比赛状元。当年，他带领的班组荣获"全国学习型标兵班组""全国五一劳动奖状""全国机冶建材系统先进班组"等称号。

2008年，荣获"山西省青年岗位能手"称号，被评选为"山西省国资委党委联系的高级专家"。

2009年，先后荣获"太钢特级劳模"称号和"山西省个人三等功"。

2010年，被评为"太原市特级劳模""山西省特级劳模""山西省十佳班组长""山西省青年五四奖章"。

2011年，荣获"全国五一劳动奖章"和"山西省国资委优秀党员"荣誉，并当选为山西省第十次党代会代表。

2011年，以他的名字命名的创新工作室——"牛国栋创新工作室"正式挂牌；还被派到法国，参加了为期十四天的培训。

2012年5月，当选为中国共产党第十八次全国代表大会代表，以太钢工人党员的身份，走进了人民大会堂。这一年，山西省总工会为"牛国栋创新工作室"授牌："山西省劳模创新工作室"。

2013年，进入十大"感动太钢人物"之列；荣获"三晋技术能手"称号。

2014年，摘得"中国青年五四奖章"，受到国家领导人的亲切接见。"牛国栋创新工作室"被评为"山西省技能大师工作室""全国示范性劳模创新工作室"。

2015年，他先后当选为山西省青联委员、常委和全国青联委员。10月被评为"2015年全国事迹特别感人的百姓学习之星"。牛国栋创新工作室被中国人力资源和社会保障部评为国家级"技能大师工作室"。

特钢密码

2016年1月，当选为团中央候补委员。4月被评为省属国有企业"百名道德模范"。

2017年1月，当选为团中央委员，3月荣获"国务院政府特殊津贴"；

2017年10月18日，牛国栋以党的十九大代表身份，带着太钢人的梦想，再次走进了人民大会堂……

对于牛国栋，每一年都是一个向上的台阶，从2018年至2021年，一路向上的节奏不断：

2018年，1月当选共青团山西省委常委；4月被山西省政府、太原市委评为"时代新人·晋阳工匠"；12月当选全国青联委员、常委，入选中共山西省委联系服务的高级专家。

2019年5月，被山西省总工会评选为"三晋工匠"，9月被山西省监察委员会聘为第一届特约监察员。

2020年8月，被评为全国机械冶金建材"行业工匠"。

2021年，先后当选太原市第十二次党代会代表、山西省第十二次党代会代表；被评为"全国技术能手""山西省优秀共产党员""中国宝武优秀共产党员标兵"。

奋斗，才是我们成长的本色。

第二辑　特钢元素

特钢宣言

中国共产党第十九次全国代表大会于 2017 年 10 月 18 日上午 9 时整，在首都北京人民大会堂开幕。

牛国栋又一次带着太钢人的奋斗成就，走进会场，找到自己的座位：4 排 39 号。牛国栋强压着激动和兴奋，现场目睹了习近平总书记作报告，回到住地后连夜写下了发言稿，在山西代表团的讨论会上深情发言，也发出了特钢宣言。

争当创新发展的主力军

各位代表：

　　大家好！

　　我叫牛国栋，是来自太钢的一名工人代表。在大会开幕式上聆听了习近平总书记的报告，我的心情十分激动，久久不能平静。报告立意高远，全景式展现了新的宏伟蓝图，这是一份饱含重大判断、提出重大思想的报告，体现了三个"进入新时代"：一是党领导人民要完成的历史任务进入新时代，二是马克思主义中国化进入新时代，三是党的建设进入新时代。报告内容及习近平总书记作报告的全过程，我深受感动！深受鼓舞！催人奋进！对这个报告我坚决拥护，完全赞同！我对中纪委工作报告和党章（修正案）没有意见，完全赞同。

党的十八大以来，在以习近平同志为核心的党中央坚强领导下，党和国家各项事业取得了一系列巨大成就。我对这些变化感受很深。天更蓝了，水更清了，人民的生活更美好了，满满的获得感。从我工作的企业看，我们生产的高精尖特产品种类大幅度增加，笔尖钢、核电用钢、高铁轮轴用钢、新能源汽车用硅钢等打破了国外垄断，替代了进口产品。

太钢厂区绿化力度更大了，因为我们始终牢记习近平总书记"绿水青山就是金山银山"的教诲。即使在行业最为困难的时期，我们职工的收入不仅没有下降，还不断增加。我和我的工友们对党和国家的未来充满信心，对企业发展充满信心。

我深深感受到，这些可喜而巨大的变化，最根本的原因在于以习近平同志为核心的党中央的坚强领导，是习近平总书记系列重要讲话指引的结果。今年6月份，习总书记视察我们太钢下属的钢科碳材料公司时，勉励我们要在创新上再加把劲，发扬工匠精神，奋起直追，迎头赶上，为"中国制造"做出更大贡献。我们将以更加优异的成绩回报总书记的关爱和期望。

回顾变化，结合总书记所作的报告，我有几点感受和体会：

第一，必须坚持不懈创新。习总书记在报告中指出：创新是引领发展的第一动力，是建设现代化经济体系的战略支撑。太钢的发展成长，最重要的是始终遵循总书记系列重要讲话精神，用创新的思维破解难题，推动企业转型升级、提质增效。下一步，我们要深入学习贯彻党的十九大精神，认真践行习总书记关于创新发展的重要思想，坚持创新理念，大力培育创新文化，让"创新"成为全体职工的一种自觉自愿。要始终不渝、坚定不移地走新时代的创新之路，生产别人生产不了和生产不好的产品，让太钢成为中国制造的典范。

第二，必须大力弘扬工匠精神。习总书记在报告中指出，要"弘扬劳模精神和工匠精神，营造劳动光荣的社会风尚和精益求精的敬业风气"。我个人的理解，对工作和事业的高度忠诚和追求极致，就是"工匠精神"。工匠精神体现了对职业的尊重、热爱和坚守，是一种高度负责的态度。我所在的生产线，这些年新的品种规格就增加了二十多种，靠的就是"工匠精神"。下一步，无论钢铁行业形势如何变化，我们都要聚焦品种、品质、品牌，弘扬"工匠精神"，在"做精"和"精做"上下功夫。这次回去后，我要带动我的工友们把人生理想融入岗位实践，尽职尽责尽力，做工匠精神的传承者、质量提升的促进者和品种优化的推动者，让创新在企业蔚然成风。

第三，必须提高产业工人自身素质。习总书记在报告中指出，中国特色社会主义进入新时代，强调要建设知识型、技能型、创新型劳动者大军。新时代的产业工人就要有新气象、新作为、新业绩。我们太钢特别尊重和倡导一线职工的创新创造。从 2011 年开始，太钢着手建立职工创新工作室，还以我的名字命名了一个"创新工作室"，到今年7月份我们工作室已经完成创新成果四十九项，总结先进操作法十七项，创造了八千多万元效益，同时还培养了一批能工巧匠。像我这样的创新工作室目前在太钢有三十个。作为职工创新工作室的带头人，我要带动工作室成员，继续立足岗位，面向市场和生产现场，努力学习，争当创新发展的主力军和排头兵，推动创新创效在基层一线生根发芽、让全员创新创效成为支撑企业发展的参天大树。

当下的山西，正在深入贯彻习总书记系列重要讲话精神和治国理政新理念新思想新战略，深入贯彻落实习总书记视察山西的重要讲话精神，认真落实省委"一个指引，两手硬"重要要求，奋力走好新征程、探出新路子、创造新业绩。我对山西的发展充满信心和期待。

这次是我第二次参加党的代表大会，这是党组织对我的无比关怀和信任，心情十分激动，深感责任重大。在会前，我深入基层开展实地走访调研，了解基层党员和职工群众的意见建议；会议期间，我将正确履行职责，学习领会好报告精神，找差距，明目标，同时把我们基层的心声带到大会上；大会结束后我要把党的十九大精神传递回基层，带动周围的党员和职工群众，爱岗敬业，追求卓越，为企业、为我们山西、为我们国家的发展贡献自己的一份力量！

谢谢大家！

忙里偷闲

党的十九大闭幕后，牛国栋更忙了。他成为山西省国资委十九大精神宣讲团的一员，需要到省城各大企业去，宣讲党的十九大精神，向更多人传递十九大期间自己的见闻和感动。

为丈夫当司机，宁淑霞早已习惯了，不管多忙，总是以丈夫为

特钢密码

准。宣讲的事大,误不得。牛国栋就对妻子说:"我的军功章有你的一半!"

宁淑霞就一踩刹车,道:"才一半?"

牛国栋说:"我真的该考一个驾照了,得考一个。"

第二辑　特钢元素

第六章　特钢密码

特钢密码，其实就是特钢人的密码。

——题记

序

一向说话谦和、做事低调的王天翔，悄无声息地就把"手撕钢"给干成了，让这个世界一下子睁大了眼睛，盯着中国地图可劲儿地找山西，找太钢不锈精密带钢有限公司。"手撕钢"一时间成了太钢人的代名词。

用两根手指就能轻松撕开的"手撕钢"，几乎颠覆了人们对钢铁的认知。

特钢密码

挂　帅

2016年的春天比往年来得更早一些。

王天翔迎着早春的寒风,接过了太钢不锈钢精密带钢有限公司(后文简称"精带公司")的帅印。一样的是耀眼的"太钢蓝"工装,不一样的是绣在右胸前的职务,已经由"太钢采购部党委书记、部长",变成了"精密带钢公司党总支书记、经理"。从部长到经理,改变的不仅仅是称呼,还有角色,还有阵地。王天翔明白,现在的位置是拼杀市场的最前沿,只能进,不能退。

自2010年试生产,太钢精带公司面对各路精带高手,已经连续征战了六年。六年的拼杀,是对市场的摸底,是对竞争对手的试探,是对用户需求的更深入了解。就好比一场足球赛,球员们勇猛地踢满了九十分钟。但美中不足,就差那关键的临门一脚。

市场凶险,王天翔胸中突然间涌起一股冲锋陷阵的豪壮来。他不相信,精带公司全体二百零五名职工中,就找不出一个踢点球的人,经过六年多历练的精带公司,就没有一个能踢出世界波的人。

既然来精带公司挂帅,王天翔的目标就不仅仅是盈利这么简单。

第二辑　特钢元素

无人区

段浩杰感觉自己是幸运的。2010年7月，二十四岁的他前脚跨出中北大学，后脚就迈进了太钢的高新企业——太钢不锈精密带钢有限公司。当他兴冲冲地赶到位于省城综改示范区的单位门口时，兴奋地发现，自己走进了一个完全崭新的世界。精带公司刚刚建成，路面是崭新的，三层高的办公楼是崭新的，厂房围墙的每一块砖是崭新的，厂房内的设备是崭新的，包括他自己，也是崭新的。

崭新的段浩杰被分配到轧制作业区，成了轧机的第一位主操。操作很不容易，操作台上的按钮红红绿绿一大片，一卷钢干下来，手指得在所有的按钮上摁上多遍。不能走神，万一摁错一个按钮，轻则出现废品，重则整卷不锈钢就如同一个爆裂的爆竹，会碎成粉末。

这是一个全新的领域，在大学里学的那些东西也只不过是垫了个底。一切都得从零开始。摁准按钮容易，但要把一卷一毫米厚的不锈钢轧成零点一毫米、零点零五毫米，甚至零点零二毫米的箔材，不是一个"难"字就能说明白的。零点零二毫米，全球最薄的不锈钢箔材，听说过，却根本没见过。这种高端材料广泛应用于航空航天、军工、核电等高精尖领域，目前只有日本、美国和德国等

特钢密码

手撕钢成品（王旭宏/摄）

少数发达国家能生产。在国内，这就是一块无人区，想进去的人很多，却没见有人能出来。

未知中充满了诱惑，未知越多，诱惑就越强烈。德国专家被请来现场指导，段浩杰的操作也越来越熟练。轧机在稳定运转，手指在按钮上熟练地跳动，就如在钢琴上弹奏一曲《命运》。随着《命运》的旋律如脉搏一样跳动，不锈钢卷一点点地变薄，零点五毫米、零点一毫米、零点零五毫米，突然，轧机中噼啪一声巨响，让段浩杰手中的一曲《命运》戛然而止，又断带了。

钢带平均每两天就要断一次，向零点零二毫米的冲刺屡屡以失败告终。每卷不锈钢三千米，每千米价值十万元人民币。段浩杰是越干手越软，越试心越疼。他看看德国专家，德国专家也无奈地摇摇头，迅速定了回国的机票。

武宿机场距精带公司不足十公里，精带公司也成了通往世界最近的码头。南来北往的飞机不时从精带公司头顶掠过，段浩杰的心里是一万分的憋屈：德国专家干不成可以一飞了之，我要干不成，还能飞到哪儿去……

好日子是干出来的

王天翔对钢铁的认知，最早是从地头上的锄头和镰刀开始的。有一个月不下地，锄头就生出一层黄锈。镰刀更不用说，得经常在石板上磨几下，露出白亮亮的刃来，割麦才省力气。他在家中排行老小，虽然两哥两姐能为他遮挡不少的风雨，但地里的活儿不能不干。老父亲常说，好日子是干出来的，不要可惜力气！自己播的种子，心里才踏实；自己收回来的麦子，才能吃出甜甜的香味。

好日子是干出来的，不要可惜力气！随着岁月的流逝，这句话一路伴随着他，从河南周口的农家小院，到县中学，再到千里之外的太原科技大学。

王天翔不会聊天。上大学时，他们一个寝室八个同学，天南海北史前未来，一聊聊到后半夜，早晨睡不醒就逃课。王天翔却不

特钢密码

会，每天晚上十点半准时上床，剩下七个人聊的声音再大，也打不断他的梦，每天准时起床，准时去上课。这些事不是王天翔说的，是他上了四年大学、聊了四年史前未来的同学说的。

大学毕业后，他留在了太原，成了一名太钢人。此时的王天翔才知道，钢铁，并不只是镰刀锄头上那一寸锋利的刃。钢铁也是有温度的，也是有感情的，从投入炉膛冶炼的第一刻起，让多少钢铁人魂牵梦绕。钢铁，一天天成为支撑他生命的重要元素。钢铁对于他，就像土地对于父亲，那是生活，是事业，是维系他生命的营养。

父亲的生日在腊月，离春节也不远了。王天翔要带着新婚妻子一起回去。妻子刘金变生在太原长在太原，没出过远门，心里不免有些小担心，就告诉丈夫，腊月也是冬天，得多带些衣服。王天翔转过身安慰妻子说，不用带，我们老家是南方。

南方，在刘金变的心里，时时刻刻都是花团锦簇、四季如春，心里便充满期待。然而，到了地方她才知道，此南方非彼南方。道可道非常道。尽管这里是老子的故乡，尽管这里是伏羲的建都之地，还是让刘金变深切地感受到，冬天不生火炉是什么滋味。在此后的几十年里，刘金变的脑海里常常会闪现出一位老人的身影，他不知从哪里找来一个小火炉，再把火焰烧得旺旺的，给她端到身边，把接下来的每一天，都烤得非常温暖。这也让刘金变认识到，她遇到了世界上最好的公爹。自此后的每年腊月，就算丈夫没时间,她也要带上儿子,跑回"南方",给老人祝寿。

开放的舞台

精带公司位于山西省太原市长治路中心北街2号。这里是山西省唯一的国家级高新区,也是国家级科技兴贸创新基地。公司占地面积六万五千平方米,接近一百亩。一条双向四车道的马路,从东向西将公司的整个地界一分为二:一半在路南,是公司的办公区;另一半在路北,是生产车间。王天翔走进车间,从南走到北,是一百二十米;再从东走到西,是一百六十米。最西头是两台轧机,最东端是退火炉光亮线。王天翔从轧机开始,在车间里走走停停,最后又回到了轧机。

王天翔感觉车间里有点冷,空气冷,气氛也冷。

吴琼刚把轧机停下来,看到王天翔,赶紧喊一声道:"王经理,轧机好像有问题,检查一下再干吧,贵巴巴的,废了太可惜。"

王天翔看一眼吴琼,再看一眼停下来的轧机,立刻叫人安排设备科的点检员来检查。王天翔知道吴琼,小伙子参过军,在部队里给首长开了两年车。两年的军队生涯,把吴琼的"粗枝大叶"性格磨炼成了"粗中有细";两年的司机经历,让他对一切可以转动的机械,有了一种说不清道不明的特殊感觉。

很快，点检员就把轧机检查了一遍，说："快开吧，轧机没问题。"

一卷不锈钢重新进入轧机。王天翔站在吴琼背后，看着吴琼的手指灵敏地在红红绿绿的按钮上"弹奏"起来。然而，还没有五分钟，吴琼的手指突然又停止了，转头向王天翔报告："王经理，轧机有问题，一定有问题！"

王天翔不大爱说话。他心里清楚，自己胸前的"经理"两个字分量很重，只要一张嘴，不管是有意无意，都会被当作最后的决策，别人想说也不能说了。

整个精带公司就是一盘棋，单靠一名老帅，永远也打不过河去。必须激活每一枚棋子，让每一个兵卒发挥作用，让每一架大炮轰出效力，让每一匹马都跑出汗血宝马的潜力。

一只白板被摆在轧机边上，一个展示能力的舞台拉开了帷幕。

管轧制的上去，

在白板上写下操作问题一、二、三；

管设备的上去，

在白板上写下解决问题的办法一、二、三；

管质量的上去，

在白板上写下产品存在的缺陷一、二、三；

管光亮线的上去，

在白板上写下完善退火工艺的措施一、二、三。

第二辑 特钢元素

……

吴琼感觉轧机有问题，那就再检查。王天翔不是相信吴琼一个人，王天翔相信每一位提出建议的职工。

实践是检验真理的唯一标准，那就让事实来消除职工心中的疑虑。又一次全面检查，轧机被大卸八块，拆了个底朝天。

果然，在机器内部发现一小块金属片。参与检修的人们一下子都烧红了脸。在高精尖产品的制造中，哪怕只有一微米的异物，对产品质量的伤害都将是致命的。排除故障既繁琐，又耗费时间。但王天翔感到，值了。有时候，先进与落后的真正差距不是产量，不是排除故障时间的长短，而是一种专注，对一微米的专注。

车间里的空气在急速流动。舞台不大，但是活了。每个人都在想，都在动，车间清冷的氛围一点点热乎起来。接下来就是干，对照白板，按照每个人写下的办法，逐条落实。

段浩杰已经是轧制作业区的主管。吴琼是他手下的得力主操。天时，地利，人和，向零点零二毫米"手撕钢"冲刺的时机，每分每秒都在走向成熟。破解特钢密码、创造特钢崭新历史的时刻，正在向太钢精带人靠近。

特钢密码

教子之道

母亲是儿子的第一任老师。这句话放在刘金变身上，就更显得无比真实而正确。儿子才八个月大，她就教认字。医院里废弃的空药盒有很多，刘金变把它们积攒起来，一个一个小心地剪成手掌大的卡片，再用棉棒蘸上红药水，一张卡片上写一个大字。儿子很喜欢这些带颜色的卡片，常常把卡片捂到嘴上去啃。

儿子床头的墙上，贴着彩色的识字图，刘金变反复教儿子念，教儿子背。"飞鸟鱼来去，只入口出门……"识字图上一百六十个汉字，直到二十八年后的今天，刘金变依然张嘴就来，比看着念都顺溜。

王天翔的全部心思，都放在单位了。科长、副部长、部长、厂长……机械、设备、生产，他的视野越走越广，职务越升越高，肩上的担子也越来越重。

儿子该上幼儿园了，该小学毕业了，考过了电子琴九级，考过了钢琴十级……儿子的个子长得越来越高，和他爹一样虎背熊腰。

2008年8月，王天翔被派去上海交通大学，参加国资委后备干部高级工商管理硕士培训。而此时的儿子已经是山西省实验中学的高二学生。儿子送父亲到机场，对父亲说："爸，我要去国外上大学。"父亲对儿子说："不行，大学必须在国内读！"

王天翔对儿子的话也很少，只是告你行，或不行，具体过程你自己去走。儿子不是很理解。虽然不理解，还是听父亲的。儿子也算争气，考入了北京科技大学，完成四年的本科学业后，考入美国哥伦比亚大学读研究生，一毕业，就被华为公司看中，招入上海的一个部门，负责一个团队。

父子俩都有了一个共同的感悟：路，先得认准方向，然后坚持走下去。

拨给儿子的电话

用人之短，天下无可用之人；用人之长，天下无不可用之人。

王天翔相信每个精带人。特长有多少不重要，重要的是每个人的特长都有地方发挥。

段浩杰记录失败的记录本，摞起来有一米多高；

从中国计量大学毕业的廖习，能辞去南方一家大企业的工作，跑到太钢精带，必须要发挥他的能量；

性格内向、毕业于北京科技大学的研究生韩小泉，一说话就脸红，让他负责超平料的研究，也快有成果了吧；

"手撕钢"在经过光亮线退火时，要经过二百六十米长的带钢通道，其间最容易发生抽带问题。王向宇是光亮线的首席工程师，

特钢密码

既然他主动请命，就给他一千米。

……

这是攻克了第一百七十五个设备难题之后的试验；

这是解决了第四百五十二个工艺难题之后的出击；

这是向零点零二毫米"手撕钢"的第七百一十二次冲锋。

失败，已经经历得太多了。既然到了大渡河，泸定桥就必须过。

时间定格在2018年元月，冬天还没有远离太原城，寒气依然毫不客气地袭扰着山西综改示范区，裹挟着太钢不锈钢精密带钢有限公司的生产车间。厂房顶上的灯光很柔顺地洒在现场，更凸显出人们一脸的专注，还有疲惫。

王天翔一开完早会，就进了现场。一卷钢要轧到零点零二毫米，得经过轧制、退火、再轧制、再退火，反反复复五个轧程。已经到了见分晓的最后时刻。王天翔要亲眼见证全球最薄也是全球最宽幅的"手撕钢"的诞生。

三十八米高的退火炉前，有三十个台阶扶摇直上，通往光亮退火炉的十八米平台。这里也是决定一场战役最后胜利的制高点。一卷"手撕钢"终于完美下线。王天翔使劲握了握拳头，在空中一挥，用典型的男中音喊一声："成了！"

王天翔的声音不高，却极具穿透力。周围的人听到了，现场外的人听到了，公司听到了，山西省听到了，全国都听到了。

身后响起一阵雷鸣般的掌声。这掌声让王天翔感到很欣慰，这掌声，也是一种释放，更应该属于大家，属于每一个精带人。王天翔无暇去回味这掌声中更多的酸甜苦辣，他只想赶紧回到办公室，坐下来喘口气。

通过宽大的窗户，经理办公室里洒满了阳光。王天翔往沙发里一坐，拿出手机拨通了电话："儿子，忙什么呢？……"

没有尾声

2020年5月12日，习近平总书记视察太钢不锈精密带钢有限公司时，看着全球最薄最宽幅的不锈钢箔材，称赞道："'手撕钢'是高新技术，你们把百炼钢变成了'绕指柔'，很不简单！""高新技术在山西蓬勃发展，不断转型升级，我觉得很好。也希望你们在不锈钢这个领域，不断勇攀高峰。"

夜，深了。王天翔启动了他的北京吉普。回家还有二十公里车程，从滨河东路一路向北，顺利的话，半小时够了；如果堵车，就没个钟点。这个世界发展得真快，让你连坐下来喝口茶的工夫都没有。黑暗中，手机屏幕突然亮了。王天翔打开扫一眼，是首席产品工程师韩小泉的微信：

王经理，超平钢成功啦！

第七章　创新妙手

在荣誉和奖章面前，一切赞美的语言都将失去光彩。

——题记

初识杨斌

第一次见到杨斌，并没有发现他与旁人有什么不同，就算转身倒一杯水的工夫，再转回身看，众人里也很难分辨出哪一位是太钢集团公司优秀党员，哪一位是全国的技术能手，哪一位是全国五一劳动奖章获得者，哪一位又获得了国务院的特殊津贴。这些荣誉的分量足以压弯一个壮汉的腰，这些奖章的成色堪比黄金中的黄金。

第二辑　特钢元素

杨斌的工作照（山西工程技术公司/供图）

然而，所有这一切都被杨斌一副瘦弱的肩膀扛起来，他走得那么从容，那么自信……

我不想问杨斌"你是如何做出这些成绩的""你有什么感想"之类的问题，我只是想认识他，了解他，发现他的不同寻常之处，好让我在大街上的人群中能很快发现他，让太原钢铁（集团）有限公司的职工在生产现场能迅速找到他的影子，学习他，追赶他，甚至超越他。

杨斌似乎不清楚我的意思，一遍遍地说："没有啥，真的没有啥。"杨斌好像又明白我的企图，拿一块抹布专心地擦工作台，一遍，一遍，

特钢密码

又一遍……

这张工作台对杨斌真的那么重要吗?

一个"学习不好"的人

我发现,我面对的是一个怪人。在与杨斌交流的几个小时中,他始终在用擦工作台的动作代替语言,这使我必须努力从他的动作中去猜想他要表达的意思。

杨斌的妻子告诉我,他的父母都在中北大学工作,妹妹是北京大学的研究生,弟弟被山西医科大学派往上海读研,只有他是西安电子科技大学的本科生。在弟妹们面前,他的学历"最低"。

"就是,我以前学习不好。"杨斌终于说了一句话,话语中显出一丝羞涩。

好一个"学习不好"的人。1991年参加工作,两年后参加公司仪表工技术比武,就取得了第三名。在随后几年的太钢标准化操作岗位练兵技术比武中,先后两次夺得仪表工状元,两次夺得计算机编程员状元。2008年,他代表太钢参加全国冶金系统职业技能大赛,一举夺得自动化仪表工种第一名的好成绩。2002年就已取得高级工程师任职资格的杨斌,在2009年又取得高级技师资格。在整个太钢,拥有省市级岗位能手称号的有不少,杨斌是其中之一;在整个太钢,拥有全国技术能手光荣称号的没有几个,杨斌是其中之一;在整个太钢,既是高级工程师,又是高级技师的人真的很少,而杨斌又是其中之一。

杨斌依然在认真地擦工作台。那张枣红色的工作台长三米,宽一米,十把椅子围成一周。桌面已经被擦抹得透出一层亮光,隐隐地显出一张坚定而又执着的面孔。

俗话说,外行看热闹,内行看门道。搞仪表我是外行,搞编程我更是外行。我真是碰到了"武林"高手,他的每一招每一式都让你感到一种力,却又说不出这种力来自何方。

杨斌的同事跑进来,把一张奖状铺在工作台上让我看:

"混酸再生工程"项目被评为"2011年度全国冶金行业优秀设计项目"一等奖。

此时我才发现,我正坐在太钢工程技术公司"杨斌创新工作室"里,杨斌精细地擦拭着的工作台算是创新工作室里最醒目也最"值钱"的家当。

核弹头

为了进一步创新职工经济技术活动,搭建职工技术创新平台,在集团公司相关部门的大力支持下,工程技术公司以提高全体职工

特钢密码

的自主创新能力和专业技术水平为目的,果断成立了"创新工作室"。

成立创新工作室的目的非常明确,就是要立足一线和基层,以推广先进适用技术、开展技术诊断、消化和吸收国内外先进技术、对高技能人才进行训练以及导师带徒等活动为内容,加快科技成果转化,促进工程技术公司技术改造和产品结构升级,推动人才、技术等各类创新要素集聚,形成生产、学习、研究、应用之间有效互动的创新模式,为工程技术公司的生产经营建设提供技术支持,为广大用户提供高效、优质的服务。

这里所列的每一个内容每一条项目都无异于一颗重磅炸弹,想要组装并引爆其中的任何一颗,对于工程技术公司来讲根本不在话下。要知道,工程技术公司的前身是太钢设计院,这里本就是太钢高技能人才的集合地。当设计院将原本属于自动化公司的部分业务整合并形成现在的工程技术公司之后,其在人才储备、技术创新上更是如虎添翼,随便拉出一个都能响当当地独当一面。

问题是,创新工作室不是组装一颗炸弹,而是要组装一束炸弹,要形成一个爆炸群。在现代化的市场经济大潮中,以太钢集团公司为中心,凭借"创新"这一杀手锏,四面出击,十面开花,形成强大的技术攻势,在与全国同行的竞争中,在与整个世界的比拼中攻城略地。

说白了,创新工作室就是一枚集束炸弹,清一色的各专业的专家组合起来，形成弹身、弹核、弹翼，只要一枚极具穿透力的核弹头，创新工作室将会所向披靡。

工程技术公司的领导们思考着，掂量着。其实，每个人心中都清楚，命中率最高，至少在现阶段爆炸成功率最高的核弹头，只有一个人……

初生牛犊

1991年，二十三岁的杨斌怀揣西安电子科技大学信息工程专业的学士学位走进了太钢。钢厂的大门又高又宽，一脚迈进去，就如同一颗小石子投进了大海。他想在厂里四处走走，探探这厂子的根底。他走呀走，从东门进去，二十分钟还没有到头。看路上的人都骑着自行车，索性也买一辆，图个快。

从东门到西门，他骑了十分钟，心想：太钢也不算太大。

从东门到南门，他骑了十五分钟，心想：太钢也就这么大。

从东门到北门，他骑了二十五分钟，累出一头汗。看着绵延的厂房，数着高耸的烟囱，听着轰隆隆震响的马达机声，他暗下决心：不管你有多大，我这颗信息工程专业的种子一定要占领这片土地。

"占领"，这个词看似带有很强的敌意，却又显示出极大的自信。

特钢密码

　　他被分配到自动化公司，专职仪表自动化。小伙子开始暗暗使劲，但很快他就发现，学校里学的理论有时候和厂里的实际完全不是一回事。只好委屈自己一下，比别人早一个小时上班，比同事晚一个小时下班……两年的时光一晃而过。

　　这一年，太钢标准化操作仪表工技术比武再次拉开了序幕。凭着一份自信，凭着自己想要占领制高点的欲望，他毅然报名参赛。然而，比赛结果却让他感到意外，自己只得了第三名。他第一次体会到"山外有山"的真正含义，他慢慢地学会了如何去利用时间，如何去抢时间，如何去驾驭时间。杨斌的进步是明显的，然而，一次意外，让他真正认识了太钢人，也让他从思想上对"占领"这个词汇有了新的理解。

　　2008年，全国冶金系统职业技能大赛开赛在即，太钢集中各专业选手进行全封闭训练，每个专业挑三名选手训练，但只能有一人代表太钢参赛。

　　杨斌和另外两位同事都是大赛自动化仪表工的备选选手。训练时间很紧张，开赛在即，偏偏这时候，由于承担着公司的一个重要项目，杨斌只好请了半个月假。

　　高手间的较量，也许只是一招的差距，也许只是一天的训练，也许只是一个单词甚至一个字母的差距。杨斌一走就是半个月，等他回到训练场，和两位同事已经不在一个水平上了。让他更想不到的是，两位同事毫无保留地把自己的笔记和体会和盘托出，对他轮番恶补，让他的技能迅速提升起来。当他在全国大赛中技压群雄夺取金杯之时，他动情了，他流泪了，他甚至哽咽地喊道："我是太钢人……"

砺　练

杨斌自小就爱拆东西。有一次父亲新买回的一台收音机，他眼睛盯着，耳朵听着，感觉那匣子里一定藏着什么机关。趁父亲出门的空儿，他三下五除二，对收音机来了个彻底的"开膛解剖"。等父亲回来，看着崭新的收音机被拆得七零八落，摇摇头说："你的速度可真快……"

从参加工作到第一次参加技术比武，从仪表专业到自动化编程，从初出校门的学子到全国五一劳动奖章获得者，杨斌走了二十年。这二十年，杨斌参与太钢自动化控制创新改进项目一百多个，主持研发项目五十余项，至于一些小改小革的项目更是不计其数。

杨斌并不满足于干什么像什么，而是干什么就要干出个样来。儿时被拆开的收音机已经找不到"尸首"，如果能找到，他一定会让那匣子焕发新生。在单位接触PLC（可编程逻辑控制器）时间不长，便很快成为这方面小有名气的专家。太钢的高炉、烧结、焦

特钢密码

炉、转炉、轧机、发电等各个分厂或工序，处处都有他的身影。他主持研发的控制项目已有几十个，其设计水平也是一步一个台阶，功能越来越完善，操作也更加智能化和人性化。

高炉喷煤、焦化备煤、煤气脱硫等工程就是杨斌主持开发的经典项目。调研发现，国外同类产品使用的是西门子专用燃烧控制器。经过研究，杨斌指出，专用燃烧控制器仅有部分功能被使用，造成了浪费。同时，专用燃烧控制器的其他功能还需要使用很多继电器才能实现。杨斌提出用西门子通用控制器结合国产火焰检测器进行控制，不仅大幅度降低了成本，而且维护也非常方便。

为了保证控制特性，经过精密计算和多次实验，确定了控制阀开槽型式，保证了烘炉初始阶段温度的控制精度。杨斌带领课题组设计了专用定位装置，确保一百五十套装置的加工一致性。实际使用中，用户反映良好，技术指标和实际使用效果均达到和超过国外同类产品的水平，德国 UHDE 公司已认可该装置可用于该公司设计焦炉的烘炉。2007 年，该装置成功为太钢8# 焦炉烘炉，2009 年，又成功为沙钢两座焦炉烘炉。国内焦炉租用本装置烘炉，费用仅是国外同类产品的一半，为国内炼焦和钢铁企业节省了大量的投资。

2009 年，他主持研发的正压式焦炉烘炉装置不仅拥有全部的自主知识产权，填补了国内空白，且处于国际先进水平。该项目在获得太钢科学技术一等奖的同时，已获得专利授权。

第一次试飞

太重联合泵站控制系统。这不是杨斌主持的第一个项目,但它是太钢工程技术公司有史以来承揽的第一个对外项目。作为该项目的负责人,杨斌感到了空前的压力。

他很清楚,客户的订单是冲着太钢来的,而不是冲着他杨斌,不是冲着他的团队。他必须精细再精细,确保按时按质完成项目,让客户满意,让客户信任太钢。

设计很顺利,软件开发也圆满结束,接下来就该现场调试了。

这一年的春节来得真快,家家户户都已经在打扫房屋,采购年货了,走在街上,不时能听到噼噼啪啪的爆竹声。当夜色深深地笼罩了天空之后,整个宿舍进入一天之中最安静的时刻。

梦乡永远是最香甜的去处,即将中考的孩子也丢下书本不管不顾跑去那里面唱着笑着。妻子也睡着了,眼角还带着一丝丝的疲倦。家人为他付出的太多了,而他似乎并没有回报家人什么。也许,只有和他们一起去那个香甜的去处,才能消除自己心中的愧疚……

手机突然间炸响:"杨工,调试出问题了,怎么办?怎么办?怎么办?"

特钢密码

杨斌一跃身从床上跳起来，一步三个台阶下楼，咚咚咚地敲开存车棚的门。

看车棚的大娘不情愿地打开门，眼角立刻耷拉下来，没好气地说："怎么又是你？你不过年啦？"

杨斌只能怀着歉意连声说着"对不起""对不起"，一边飞身骑上车子往现场赶……

此时此刻，客户也没有一点过年的意思，只是神情紧张地盯着杨斌。按照订单的期限要求，正月底必须正点开车运行。杨斌检查得很细，从软件的每一行程序代码，从中间件技术的每一个环节，从控制软件的功能、规范和可移植性等各方面，整个捋了一遍。这个系统是庞大的，对于自动控制系统来讲，更是牵一发而动全身，无论是哪里出现问题，想要处理，都不能简单地用天数来计算。

杨斌终于检查完，站起身舒展了一下腰身。客户代表依然神情紧张，催促着问："杨工，怎么样？需要几天才能处理完？"

杨斌看看客户代表，向对方伸出四根手指。

客户代表慌了，说："四周？那不又是一个月？"

杨斌笑了，告诉客户代表："我保证四天完成。"

四天？客户代表吃一惊，但他看见杨斌坚定而自信的眼神，自己也笑了："杨工向来说到做到……"

起 航

2011年5月，柳绿花红，"杨斌创新工作室"在太钢工程技术公司正式揭牌，一艘配备着高精尖人才团队的航母正式起航。

杨斌住进了新家。房子挺大，房间也挺多。大房子就是好，单位的同事们常常上门来坐坐，聊聊，向他请教些程序设计的问题。他不停地到各个房间去找资料，关了这个屋的灯，又得开那个屋的灯，如果能坐在客厅里控制每个屋的灯，那该多好。他一边和同事聊着，一边想着，同事刚告辞离开，他的一键控制方案也成形了……

同事们再来时，一个个都张大了嘴，紧着问："杨工，你究竟怎么想的呀？太好了。"邻居索性也要照着做，偏偏搞装修的电工们折腾半天也不行，只好小心地敲开杨斌家的门，请教一键控制的方法。

杨斌耐心地讲解着，在纸上仔细地画着，当来人刚刚满意地离开，妻子就不冷不热地抱怨一声："你可从来没有给我讲这么细……"

杨斌笑一笑。除了讲程序，除了讲自动控制，他几乎没话。他知道，现在的杨斌不仅仅是这个家的杨斌，更是整个创新工作室的

特钢密码

杨斌。如果以前的创新仅仅代表他个人能力的话，那么，今后参与的每一个项目、编写的每一个自动控制程序，都将是这个团队的实力大展示。他没有忘记当年参加全国技术比武前同事们对他的无私帮助，他要把自己的能力毫无保留地传下去，让更多的人快速成长起来，让"杨斌创新工作室"成为一个无坚不摧的坚强团队。

航程才刚刚开始，"杨斌创新工作室"已经取得不错的战绩：

全氢罩式炉自主集成与开发项目，获得 2010—2011 年度太钢科学技术一等奖；

混酸再生工程项目，荣获 2011 年度全国冶金行业优秀设计项目一等奖；

轧线生产能源消耗监测分析软件项目，荣获 2011 年度全国冶金行业优秀软件项目三等奖；

太钢不锈钢管酸洗脱脂自动控制软件、太钢烟气脱硫脱硝自动控制系统软件、太钢钢铁冶炼自动控制系统软件、太钢水系统自动控制中间件软件等四个项目，获得国家版权局颁发的软件著作权。

接下来的任务更多，杨斌承担的责任更重，"杨斌创新工作室"的航程还要更远。都说杨斌不善言谈，我看未必，我们不妨用他的话作为本篇的结束语吧。

人的一生很短暂，职业生涯更有限，能为社会做点贡献的时间真不多。不是人人都能够成就一番伟业，但是每个人都应该拥有自己人生的亮点。无论从事何种工作，只要你扑下身子，投入激情，甘于吃苦，孜孜耕耘，总会有所收获。

第三辑　破解密码

第三辑　破解密码

第八章　万里无烟

写在前面

自 1934 年炼出第一吨焦炭起，一根高耸云天的大烟囱几乎成为太钢的"标志性建筑"，滚滚黑烟肆无忌惮地四处飘散，将晴朗的天空涂抹出一块块斑驳的伤痕。这是一幅黑色的风景，而风景中一天天流汗、一年年长大的景中人，到死也不愿承认自己是大烟囱下的人。

2009 年 2 月，三十九岁的贺世泽走上太钢焦化厂厂长的岗位。这让我真不敢相信：厂子，七十五岁了，比厂长的年龄将近大了一倍。你能领着这个厂走到哪儿去？

特钢密码

想不到，2009年年底，太钢焦化厂的各项指标居然一路飘红，达到同行业最高水平。更想不到，曾经四处取经、八面求方，拥有六百九十四名职工的大厂，在为马钢、武钢等大型企业进行现场技术培训的同时，还对国外某钢铁大公司进行技术输出，一年挣回五十八点三万欧元。还有更多耀眼的成绩。天空中厚厚的黑云早已散尽，面对最先进的焦炉、一百八十米高的烟囱，我们只能用一种仰望的姿势，去感觉焦化人升高的过程，再盯紧贺世泽，从这名年轻厂长的工作和生活片段中，去感受焦炉中火焰燃烧的温度……

临危受命

日历翻到公元2000年。这是人类进入21世纪的第一年，一个崭新的开始。但谁也想不到，新世纪的开始，却成了焦化人心中难忘的痛：2月22日，工亡两人；7月14日，又发生重伤事故一起。兄弟厂都已借东风张帆远航，而严峻的安全形势使焦化厂这艘大船落了单。在竞争激烈的汪洋大海中，一艘孤舟随时都有倾覆的危险。

严峻的形势摆在眼前，刻不容缓，厂党政领导们连夜开会，经认真研究，任命一焦工段副段长贺世泽为安全科科长。

此时的贺世泽刚满三十岁。三十岁的科长在钢铁企业凤毛麟角，三十岁就担任生产厂的安全科长，不管是论资历还是排年龄，都没

太钢焦化厂环保达标的化产区域（王旭宏/摄）

有先例。贺世泽紧握任命书的手有些颤抖，不是当了科长的激动，也不是升迁后的得意。他已经明显感到，这张任命书的温度很烫手，这张任命书的分量很沉重。对于大海上的一艘孤舟，这张任命书就是全体焦化人的救生艇。这艘救生艇，自己开得动吗？

1993年7月，贺世泽兴冲冲走出武汉钢铁学院，大步流星迈进太钢焦化厂。听说太钢很大，如果骑自行车，绕一圈得一个多小时。但焦化厂不远，一进厂门就到，如同一间房子的窗户，不用进门也能看到。这才像是大厂，在大厂工作，才能施展开手脚。他庆幸自

特钢密码

己学对了煤化工这个专业。

贺世泽租了一间房,离太钢不远,距焦化厂更近,站在家门口,就能看到那根插入云天的大烟囱,每天仰望着大烟囱从家走向单位,下班后,又一路回头望着大烟囱回家。

说是家,其实也只有十平方米的空间,一桌一椅一单人木床而已,摆个锅灶都成问题。好在不远处的立交桥下小饭铺很多,饿了,跑过去吃碗面,渴了,一杯冰凉的自来水也能解决问题。只是时间一长,"下饭店"的胃口也越来越小,甚至一经过立交桥下,那一股股的油烟味让他直想吐。

进厂没几天,他就成为热修工艺的主要研究成员。由于在技术上有创新,能打硬仗,还不到三年,厂里就提拔他当了副段长。

当副段长他当然高兴,能更好地施展自己的特长。他可以三天三夜不睡觉,领着工段一百多人倒班,和他们一起检修,挖补炉墙,一次次检验和完善热修的工艺。油烟,焦油,黑烟……三年间,一百多人都成了他的兄弟,一百双手扭在一起,一百副臂膀拧成一股力量,硬是把焦炉从头到脚来了个彻底翻修。如果一座焦炉的寿命是二十五年,用通俗的话讲,等于又新建了一座焦炉。

随着热修工艺的成熟,省内各大企业闻讯也纷纷找上门来求教。然而,这艘船的安全有了问题,没有安全,就算再有一百个贺世泽,再有一千项专利，又能有什么用？

窗外天色渐渐暗了，办公楼里的人们早已下班离开。下个礼拜，公司将要来厂里召开安全现场会，要看看焦化厂安全改革的措施。说白了，就是要露一露焦化厂的丑，这是要遛遛贺世泽，遛遛他驾驭救生艇的本事。拿不出一套有效的管理办法，自己丢脸不说，也愧对厂里的培养和信任。他仰起脸望一下插入天空的大烟囱，大烟囱好像很藐视自己。被人小看？这不是贺世泽的性格。从收煤到装炉，从对焦炉的热修到化工产品的回收，整个焦炉生产的过程像电影的蒙太奇，一幕幕从眼前快速掠过，可安全的症结在哪里？在哪里？！他再一次感到那一纸任命书滚烫的温度。

"别发愣了！"

贺世泽猛然一惊，大脑中的焦炉还原成了妻子委屈的脸。不知什么时候，妻子就已经站在办公桌前注视着他。他急忙站起身，哄着妻子："你先回吧，我还得去焦炉上看看。"

妻子却索性往办公椅上一坐，说："我还是等你吧，你一个人找不到家。"

贺世泽一惊："怎么？又搬家了？远不远？"

妻子委屈得快要掉下泪来，颤抖着声音告诉丈夫："房东都催了好几次，我只好搬了，也不远，保证让你坐在床上也能看见大烟囱……"

特钢密码

候 鸟

当阳光照进1996年的第一扇门窗时,人们都在喜笑颜开推杯换盏度元旦。贺世泽结婚的日子定在一月六日星期六。按照中国人的习俗,逢三、六、九最吉利。从这个角度看,贺世泽选的这个日子除了六就是九,绝对应该是吉利加吉祥的好日子。婚礼五天后举行,仪式要简单,河津老家的父母亲戚已经准备动身来太原,几个最要好的同事朋友也通知到了,万事俱备,现在只差最后一件事还没有落实——成家的新房还没有找到。

贺世泽抓紧四处寻房,先说自己就图个上班近,再说自己也不常在家,三说自己年轻有力气,特爱帮助人……说了这么多话,房子没有找到,却感觉自己的嘴皮磨薄了许多。

就当是练口才吧,贺世泽依然信心十足。未来的新娘却有些心神不宁,一路小跑地跟着八面碰壁,她有些灰心,沮丧地说:"世泽,这可怎么办呀,朋友也都告了……"

贺世泽却胸有成竹,语气坚定地说:"你放心,三、六、九是好日子,我们大喜的日子有两个九三个六,我保证准时把你娶到新房里。"

一月一日很快过去了,连房子的影子也没见。一月二日也飞快地从身边溜走了，依然没有留下任何信息。一月三日的太阳眼看着就要落山，贺世泽悬着的一颗心才算踏踏实实落了地——房子终于借到了，借期三个月。

三个月，度蜜月足够了。只是，一对新人怎么也想不到，从这一天起，搬家，成了他们婚姻生活的主要内容。

绿上柳枝，桃花红了，空中的燕子一队队飞回北方。树叶黄了，中秋节的果香还没有散尽，燕子们又成群结队向南飞翔。自从成家以后，贺世泽再也不用去吃小饭店，可夫妻俩俨然变成了一对候鸟。只不过，燕子们一年一飞，比季节更替还规律，而贺世泽夫妻却是一对不按季节飞翔的候鸟，每年要飞两次、三次，是否还需要飞第四次、第五次，则要看房东的脸色。房东什么时候不高兴，贺世泽一家就得卷铺盖走人，去寻找下一个树杈。为一个树杈，也为给自己的翅膀寻找一处休息的小窝，他们的飞翔不累，却感到了一种无奈。

从太钢二十九宿舍，到机车宿舍，从尖草坪的民房，到古城的小土屋……以大烟囱为中心，以太钢厂区为半径，从东到南，从南到西，他们迁移的路线正好绕着太钢画了一个圆。

第一次搬家，贺世泽借了一辆三轮车，桌椅板凳床装上满满一车，他在前面蹬，妻子在后面推……

第三次搬家，床已经散了架，桌子腿也折了。贺世泽又借了一辆三轮车,他在前面蹬,妻子跟在一旁说话。

第五次搬家,贺世泽还是借了三轮车,他在前面蹬,妻子坐在车上教怀里的女儿叫爸爸。

第十次搬家时,贺世泽已经不用为搬家去借三轮车。所有的家当用一辆自行车足够,妻子在前面推,女儿跟在后面走。新房东奇怪地问:"你爸爸呢?"女儿眨一眨亮闪闪的眼睛,回答说:"我爸爸在上班呀。"新房东又问:"你爸爸在哪上班?"女儿把小手往空中一指:"大烟囱下面……"

公司在厂里召开的安全工作现场会上,贺世泽的发言语惊四座"专业管理,区域负责。"话语不多,但厂领导听出这艘救生艇已经开足了马力;话语不硬,但又从每个字眼里渗透出锋芒。参会的公司领导也不无欣慰地说:"终于看到焦化厂安全工作的一线曙光……"

2000年,焦化厂安全评比全公司倒数第一,经过2001年一年的严格管理,焦化厂的安全评价在全公司排名第一。

生　日

拥有世界最先进技术的新焦炉提前达产。贺世泽高兴,同是焦化职工的妻子更高兴。赶得巧,这一天正好是丈夫的生日。就算是生日,一大早也是各自出门上班,忙碌一上午,午饭各自泡食堂。

忙起来就什么都忘了，哪还能想起生日。晚饭可不能太随便，得好好庆祝一下。

女儿的肚子里不时传出"咕咕"的不和谐音，把渴求的眼神投向母亲："咋还不做饭？快饿死了。"

妈妈自信地对女儿笑一笑："今天是爸爸的生日，咱们下饭店去……"

饭店并不远，正好有个靠窗的包间。扇形的玻璃窗将夜空勾勒出一幅精美的图案，母亲满意，女儿更满意。一个美好的愿望，能让城市里喧嚣的噪音汹涌成一曲激越的《生命交响曲》，能让幽远的夜空变成一幅深蓝的油画，留下嚼不尽的韵味。

女儿看着窗外的车流，问："妈妈，爸爸能找到这儿吧？"

妈妈看一眼女儿，也转头看着窗外的车流，说："当然能，爸爸能找到。"

一切美好，其实就在身边，就如窗外的灯光，红的、绿的、蓝的、黄的，穿透夜空，蜂拥而至。

所有的美好不能只用简单的圆满来表达。母女俩看着汽车灯光在暗夜中一点点由强变弱，由浓变淡。而今夜，这座城市的路灯，会陪着一对母女安静地回家。

自从安全科和生产科合并，丈夫担任了生产科长，不只要管安全，还要管生产组织，管产品检验，管进煤，管出焦……说是一家

特钢密码

代表最先进焦炉技术的焦炉（王旭宏/摄）

人，可一顿饭总是要分成两次才算完。女儿要早睡，吃一次；等丈夫回来，微波炉一热，又吃一次，才算结束。究竟几点能结束，就看丈夫几点能回来。

住平房就这点不好，尤其是晚上，不插门吧，屋外黑洞洞的，挺可怕；插上门吧，几只挺肥的老鼠当着自己的面在屋里散步，直把人逼到床角不敢挪动。想一想，还是住楼房好，没有老鼠，家里上下水也方便。只可惜结婚以来，也就住过两次楼房，一次是结婚，一次坐月子，每次都没有超过三个月。

眼看着干熄焦项目已进入砌窑阶段,却发现厂家供应的耐火砖存在严重的质量问题。天下的难事总往一起挤,贺世泽回家的时间更没了准儿,常常是前脚给妻子打个电话,后脚就踏上了出差的路……

不讲理

耐火砖是干熄炉的生命。经太钢耐火厂化验,这一批耐火砖质量有问题。可供货的厂家是全国的知名耐火砖企业,一句"不可能"让贺世泽无话可说。只好再跑洛阳进行检验。但供货厂家对洛阳耐火材料研究院的质量报告依然不屑一顾。贺世泽急了,背起三块耐火砖直奔武汉。他不相信,在中国找不到一家能让供货单位信服的质量报告书。

武汉。贺世泽不是在这里长大的,但他的煤化工专业知识却是从这里起步的。可以说,武汉是他走上煤化工专业之路的摇篮。1993年7月30日,他背上四年的学识从这里走向太钢;2007年9月30日,在十四年之后,他身背三块耐火砖从太钢回到武汉。

三块耐火砖足有一百多斤,几乎和他的体重相等。武汉有"火炉"的雅号,贺世泽心中的温度却比火炉还高,他血管中的热浪汹涌地奔突着,想要冲出身体,再直接冲到检验所。

背上的耐火砖很重,但心里的那份责任更重。他不能停下脚步，他必须立刻拿到耐火砖的质量检验报告，飞回太钢。大烟囱下，四五百人的砌炉队伍等着呢。

终于到了，他把三块耐火砖往检验人员跟前一放，说："快，快……"

对方却不屑地说："你也不看看时间？等过了国庆再来吧。"

贺世泽不情愿地抬腕看看表，时间定格在9月30日下午5点整。贺世泽急了，挡在对方身前，说："不要管时间，先管一管耐火砖吧。"

对方也急了，说："你这个人怎么不讲理？"

贺世泽更急了，说："就算我不讲理，可你得讲理，你就辛苦一下，帮帮忙，帮帮忙，我们单位的四五百职工等着呢……"

国庆这一天，贺世泽已经把耐火砖的检验报告放在了供货单位的办公桌上。这一次，供货单位理屈词穷，他们想不通，在短短的三天时间里，从太原到武汉，光打个来回的时间也不够，他们怎么就拿到了检验报告？！

专　车

2003年10月至2005年1月，贺世泽在天津大学学完了工商管理硕士研究生的全部课程。凯旋之际，单位正在新建一座代表世界

焦化厂煤备作业区洁净如新的皮带通廊（王旭宏/摄）

最先进技术的焦炉，厂领导班子经过认真研究，任命生产科长贺世泽兼任焦炉项目部分部经理。

妻子早已习惯了丈夫的晚回家，好不容易在家里逮住，央求着丈夫说："你就陪我去上一次街嘛。你说说，结婚这么多年，你陪过我几次？"

贺世泽有些不好意思，终于答应，陪妻子去逛街。是呀，这么多年，家里全靠妻子一个人张罗着，她也辛苦了。

汽车驶向太原最繁华的商场。路上的人多，汽车也多，走走停停。即便如此，妻子仍然很兴奋，说孩子的教育，说孩子的补课，说

特钢密码

自己当年上学时的梦想……贺世泽有一声没一声地应和着,目光却不时游离在汽车的后视镜中。妻子感觉丈夫好一阵不搭腔,就有些不高兴,说:"你在听我说话没有?"贺世泽坚决地说:"我们得往回返。"妻子一愣,搞不清怎么回事,问:"又怎么了?"贺世泽急急地问答:"你往后看,大烟囱是不是在冒烟?我得回去。"

建一座焦炉,要用到三万多吨耐火材料,而这三万吨耐火材料又分成二十余种材质、一千多种型号。其中,哪怕有一块耐火砖出现问题,整座焦炉就会成为一座废炉。他开始做梦了,全国的耐火材料厂家成千上万,怎么考察?怎么招标?怎样管理运程?怎样才能缩短建焦炉的工期……在梦里,问号扎成了串,梦醒之时,他坐上厂里的金杯面包车出发了,方向——全中国,目的地——所有知名的耐火材料厂。

从这一天开始,贺世泽待在汽车上的时间,比在自家床上的时间更长。从大烟囱下出发,到厂家考察,取材料,再回大烟囱下,整理,筛选,再出发,每个礼拜至少两趟。上海,郑州,武汉……所有能提供合格耐火材料的厂家,他走了个遍。就连飞机去不了、火车没有通的地方,也被金杯汽车的车轮铺地毯一般碾了一遍。车轮真厉害,最长的一次,居然陪着贺世泽连续旋转了二十八个小时。没办法,新焦炉急用,新技术急用,太钢上空的那一片蓝天急用。

回到厂里，好好洗一个澡，准备明天新的挑战吧。淋浴开大，热水从头顶浇下来，真舒服。可是，水刚流过大腿，却引来刺骨的疼痛。低头一看，两条大腿就如两株酸枣树，结满了红红的血泡。真吓一跳，莫名地回到家问妻子，妻子却只有无奈和心疼："每天在汽车上，就算是机器人也该散了架……"

机器一散架，当然不会再动。但贺世泽不是机器。冬至的饺子刚吃了没几天，转眼已经是三九天的温度。但金杯汽车不能停。

司机师傅说："这两天车况不太好。"

贺世泽笑笑："只要车轮能转就行。"

司机师傅斜眼看看身边的领导："就怕它不转。"

贺世泽依然目视前方，用坚定的口气说："我相信你！"

汽车轮子就是用来旋转的，它不能停止。还有血液，还有焦炉，还有焦炉中的火焰，必须不停地燃烧。

车外的气温越来越低，道路两边光秃秃的树木在寒风中瑟瑟发抖。车里的温度也不高，身上越来越冷。不仅如此，汽车前窗上的呵气越来越重，贺世泽伸手帮着擦了几次，可越擦，呵气越重，车窗玻璃上已经结了厚厚的冰。

贺世泽冻得浑身发抖。司机师傅说："我们不能再走了，热风机坏了。"贺世泽就急了："赶紧修，赶紧修……"

时间一分一秒地飞速跑过，眼看着修不好，这个地方前不着

特钢密码

村后不着店，如果停下，水箱再一上冻，可就真趴这儿了。厂里的焦炉还等着，事关技术改造，这不仅是全厂六百九十四名职工的希望，更是太钢的希望，是还太原市一片蓝天的大希望。

"走！继续走！"贺世泽的口气依然坚定。

"你看这玻璃上的冰，根本没法开车。"司机师傅晓之以理。

贺世泽顺手扣住车门上的摇手，快速旋转了几圈，车窗玻璃完全被打开，一股寒风趁势冲进来，占领了车内所有的空间，又紧紧拥抱着贺世泽，拥抱着司机。此时此刻，司机师傅才终于明白什么叫寒冷；此时此刻，贺世泽才终于领教到"寒冷"这把尖刀的厉害。但贺世泽却高兴地一指前挡风玻璃，说："没冰了，出发！"

这是一辆特殊的汽车，大敞着车窗玻璃，以每小时八十公里的车速和冬天赛跑，和寒风较劲。贺世泽把车内仅有的一件大衣裹在司机师傅身上，自己则蜷缩在司机的座椅背后。自打记事起，冬季的三九天从没有像今天这样寒冷过，跑了几年的长途，路程也从没有像这天这样辽远……

过　年

冬季渐行渐远，春节就要到了。贺世泽拨通了河津老家母亲的电话。

太钢焦化厂（王旭宏/摄）

电话那头听到是儿子的声音，爆出欣喜的声音："啊！是世泽吧！"

"妈，我是世泽，您好吗？"

电话那边是一阵沉默。贺世泽又一连声地喊："妈！妈！你说话呀！"

妈妈的声音终于传过来："亏你还记得有个妈……"

贺世泽决定：今年回老家过年！贺世泽的大哥听到这个消息，连夜跑过来，问："什么时候走？"贺世泽想一想，说："初二吧。"大哥一听就火了，冲着小弟喊起来："你就拉倒吧！初二回，那还叫过年呀？"

特钢密码

贺世泽紧着安慰大哥:"初二以前我真走不了,单位那么多人,他们就不过年了?"看看大哥安静下来,贺世泽又想出一个点子,把女儿往大哥身前一推,说:"大哥,要不这样吧,你先带着侄女回家,就算代表我们一家,给老爸老妈拜年。我们初二一定回去。"

这一次回老家过年,贺世泽没有食言,只是行程一缩再缩,短得不能再短:初二起程,初四就又返回了太原。回家的路上,老爸老妈的面容一直在自己眼前晃动着,晃动着……

走在厂里的路上,走在大烟囱下面,看到每一个职工,他心里都充满感动。现在的贺世泽,已经是焦化厂的厂长。作为一个团队的排头兵,他一天不去焦炉,一天不见焦化人,心里就觉着别扭,觉着不得劲儿。他把自己的手机号向全厂公布,并声明:任何一名职工都可以给自己发短信,都可以提建议。焦化厂职工需要快乐工作,只有快乐工作,才能发挥自己的全部智慧。

尾　声

夜,深了。贺世泽独坐灯下,翻来覆去学一本书。书上的内容是平衡记分卡的实施办法。第二天,他要给科段长们讲课,要让每个人都掌握最先进的管理办法。春天正在缓缓地吐着绿芽,那根一百八十米的大烟囱笔直地伸向蔚蓝的天空,它已经成为太钢的标志性建筑。然而,贺世泽却不这样认为。他抬起头,目光坚定地仰望着它,心想:你算什么!焦化人的装备、焦化人的技术在国内领先、在国际领先,这才是我们的唯一标志……

第九章　遍地黄金

引　子

一提起卓别林,人们总能想起他在《城市之光》招聘大厅里的精彩表演,一群无业人员急切地拥上去,窗口里挥出一只手,随之砰然一声关闭,把无数张乞求的脸挤出窗外。人群便拥向另一张招聘窗口,重复一次刚才的询问。等所有的窗口全部关闭之后,这群人才无奈地摇摇头,叹口气,临出门时,仍不忘扭头看一眼招聘启示,想象着明天的美好。

中国的人多,中国各类企业的富余人员更多。富余的本意,该是富裕得东西有了盈余,至于另一层意思,也不难理解。总之,为了减轻企业的负担,增强企业的竞争实力,使企业走得更快变得更强,1994年,太钢劳务市场成立了。

从这一年起,太钢各二级单位的劳保人员进入劳务市场,各主线单位的下岗人员进入劳务市场,还有只留名不留人的挂靠人员,也进入劳务市场。以后几年,随着太钢整体的迅猛发展,各主线二级单位的工伤人员和长期病休人员,甚至连精神一向都不乐观的人也一并由劳务市场统一管理起来。截至2007年底,仅有十七名管理人员的太钢劳务市场,各类待岗人员已达一千八百二十五人。

劳务市场的人员结构,使我们不能不为它的生存担忧,劳务市场人员的素质和能力,也让我们不得不对它的未来产生怀疑。想要让这一千八百二十五人凝结成一股力量,为太钢的发展也为自己的生存走出一条宽广之路,无异于天方夜谭。

然而,经过数日对劳务市场的走访,经过无数次与这个群体人员的交谈,得到的却是大量让我们不可思议的数据和资料:

——2005年,劳务市场人均月收入为一千二百元;2006年为一千五百元;到2007年,人均月收入已增长到两千元。

——2007年,劳务市场将六百三十二名待岗职工合理安置到宏业公司,使待岗人员由2006年的六百人下降到三百七十八人。

——2007年,劳务市场凭借宏业公司出色的生产组织,为全公司的"产、供、销"发挥了重要作用,全年加固发运十点七万节车皮,

特钢密码

总量六百四十二点七万吨，约占公司发运总量（七百七十万吨）的百分之八十三；卸矿粉一百四十万吨，约占公司卸矿总量（五百五十万吨）的百分之二十五；卸煤三十万吨，约占公司卸煤总量（二百九十万吨）的百分之十；不锈钢包装五十七点二万吨，约占公司包装总量（一百二十八万吨）的百分之四十五。

——2007年，劳务市场收到的表扬信和锦旗不胜枚举：杜儿坪矿居民姜志盘、王凤仙为劳务市场待岗职工李建平送了"救火英雄"的锦旗，并用一整幅红纸写下表扬信，贴在劳务市场办公楼的墙壁上；市民张建荣为劳务市场工伤职工武志强送上"拾金不昧，品德高尚"的锦旗；阳曲县民工亲自将一面绣有"民工的保护神"的锦旗送到劳务市场……

——2007年12月，太原市职业介绍服务中心将一块刻有"促进就业，共建和谐"的牌匾送到劳务市场副经理阎富生的手上。

——2004年至2007年，劳务市场获得的奖杯数不胜数："东方杯"第二届全国鼓艺大赛金奖、中国山西首届太原锣鼓精英争霸赛金奖、"山姆士杯"中国山西太原锣鼓大赛金奖……

这些实实在在的数据，让我们不由得就想去认识一个人：太钢劳务市场副经理阎富生。这些锦旗和奖杯，又使我们不得不相信一个事实，太钢的劳务市场里，的确有黄金。

第三辑　破解密码

症　结

太钢劳务市场，自1994年成立以来，三易其址，在十年之后的2004年，终于在福利大厦四楼安了家。与劳务市场一起走进福利大厦的，还有刚满四十五周岁的阎富生，这位粗壮的北方汉子，正式出任太钢劳务市场副经理。

从福利大厦往南一千米，便是"太钢精神"的发源地——太钢渣场。当年的渣山，曾是太钢人心中抹不去的痛，直到李双良的出现，才使一座废山变宝山，使太钢渣山成为全世界的惊喜。从这一天起，太钢劳务市场有了一位世界闻名的邻居。

阎富生每天上班路过渣场，望一望这位邻居，下班回家也路过渣场，再盯一眼邻居。每天进厂区也只走"双良门"，不是为了近，而是感觉走这条路才安全，感觉从这里走很自豪，感觉从这里走，底气十足，才感觉自己肩上的担子不轻。偶尔因公事缠身，不得不留在他四楼的办公室里，也要习惯性地打开窗户，向南边望出去，想要看得远一些，更远一些……

窗外的建筑物越来越高，遮挡住了想要远去的视线。他看不到很远，也看不到邻居。但阎富生还是习惯地要看，看一会儿，想一会儿，然后坐下来翻看劳务市场的在册人员分类情况表：

特钢密码

2004年，劳务市场有病休人员四百七十八名，待岗人员一千余人。劳务市场同时还有另一块牌子——宏业公司，算是劳务市场的实体，负责从公司各二级单位承接任务，以解决部分待岗人员的就业。但是，宏业公司承揽的工作量有限，目前仅够维持两百人的"生计"。

两百人，仅仅是待岗总人数的五分之一，而四百七十八名病休人员却接近待岗总人员数的一半。极不平衡的数字，就像摆在阎富生面前的一架天平，一边站着两百条汉子，另一边坐着八百名待岗人员。阎富生感到，世界是和谐的，和谐世界里的这架天平却很不稳当。

有人醉醺醺地闯进办公室，冲阎富生咋咋呼呼地叫嚷起来："不能过咧……不能活咧……我跳楼呀。"

阎富生和气地说："你先坐下，有话慢慢讲。"

来人见阎富生这样和气，反而吵嚷得更凶："不听你说，不听你说，我要跳楼……"

阎富生立刻站起身，拉开身后的窗户，盯着对方正色道："你跳，你跳！"

来人立刻呆了，木木地站在办公桌前。

窗扇是新的，窗外吹进的空气也是新的。阎富生忍不住来了一次深呼吸，却感觉嗓子被刺得生疼，好像有人正在他面前炒劣质辣椒。他坐不住了，经过对宏业公司状况和待岗人员情形的仔细分析，终于看出点门道：宏业公司没有业务量，就是待岗人员的素质让用人单位不放心；劳务市场从各二级单位接纳来的待岗人员，之所以会在此待岗，根本问题也是两个字：素质。一个想法在脑子里一点点放大，一点点成形，一点点在眼前幻化成七彩的光环。

望问闻切

任何一个健康的人，都会有生病的时候。生病并不可怕，怕的是有病还不知道，知道了仍不对症下药。

阎富生不会无病呻吟，但发现了病情，治疗起来也绝不手软。他要从加强管理入手，他要从规范制度入手，他要开始实施他的"以安置促清理、以培训促就业"为方针工作。他的目标就是，把劳务市场打造成太钢的一个"再就业训练基地"。

令劳务市场其他十六名管理人员搞不懂也说不清的是，他们的阎副经理烟瘾那么大，怎么说戒就戒了呢？劳务市场的待岗人员也搞不懂，在阎副经理办公室的门上，突然间多了一纸警示：谢绝吸烟。阎富生的这一小小变化，使劳务市场上下有一种预感：这死寂的泥潭里，要起风了。

劳务市场真就忙了起来：建立待岗职工信息库，完善宏业公司职工信息台账，使用指纹考勤机管理考勤，加强对待岗职工出勤、

特钢密码

培训等工作的管理。劳务市场的管理制度在迅速规范。

阎富生的脚步一迈开,就再也没刹住车。他决定对所有的病休人员过一遍"筛子"。他要为劳务市场建立一种新秩序。

很多病休人员坐不住了,四处打听阎富生的手机号,八方探询阎富生的住址。阎富生的手机快被打爆了,可他对着话筒始终不瘟不火:"有事到我办公室谈。"阎富生的家门也要被踢破了,夫妻俩依旧是笑脸相迎,沏茶倒水让座,赶到饭点还要来个拿手菜。茶香,菜香,但规矩不能变:家里不谈公事。

在这里,我们不得不提起太钢人力资源部,这个掌握太钢各类人才需求和人才配置信息的重要部门,从待岗人员的接收审查,到病伤人员的摸底鉴定,再到对太钢各生产环节用工需求的情况通报……都给予劳务市场极大的支持和帮助,这也成为阎富生搞活劳务市场的强大后盾。

对劳务市场长期请假的"病休人员"的鉴定结果并没出阎富生所料,但极低的比例还是让曾担任过一轧厂劳资科科长的阎富生感到吃惊:全部四百七十八名病休人员,只有六十一人真正符合病休条件。这,就是他的"家底"。

一千余双眼睛盯着他的"灶",一千余张嘴在等着向他要口粮。阎富生终于发火了:"我阎富生没有白喝的水!我们太钢没有白吃的粮!"

第三辑　破解密码

最后四十三个

正值中年的阎富生总是记不住自己的生日，却把 2003 年 7 月 21 日 0 时 30 分，永远地烙在了心里。从这一刻起，太钢一轧厂中型生产全线停产，这个与太钢同龄、走过七十风雨、为太钢的建设发展做出过不凡贡献的主线轧钢厂，终于走完了其光荣历程。

市场就是这样无情，竞争就是这样惨烈。企业要发展，就必须有牺牲。阎富生没有机会看到一轧厂"生"，却要亲眼看着一轧厂"死"。更让他感到不安的是，全厂在岗的七百二十二名职工的等待，全厂七百二十二双眼睛的注视。他能为每一位一轧人找到一处更适合他们的生存空间吗？

在公司人力资源部的统筹安排下，一轧厂的职工将要向各兄弟单位分流，各单位也纷纷到一轧厂了解情况。这些天，阎富生忙着接待，忙着对每一名职工的去向摸底，忙着登记造册。对于这支等待分流的队伍，阎福生感慨万千：当年没机会成为进入一轧厂的第一名职工，现在却要作最后一个离开的人。考场安排好了，考试时间也确定了。阎福生终于松一口气，默默地整理厂史，默默地走进了一轧厂当年的辉煌中去……

突然间，一个电话又把他的心提到了嗓子眼儿：职工们拒绝参

特钢密码

加招聘考试。

考场外,阎富生看到的是一双双充满疑惑的眼神,这其中有很多是自己非常熟悉的,还有不少人是自己担任精整工段段长时,一起滚战了几年的老部下,他不忍心放任这些老伙计们的麻木,他更不忍心坐视老战友们白白丢掉一次重生的机会。竞争不上要怪自己本事不到家,但放弃竞争就等于放弃自己生存的权利。阎富生向考场外的人群喊:"你们要为自己负责,你们不能放弃自己的权利……"

有一个人心动了,一个班组也活动了,……人们开始往考场里面移动。招聘考试一场接一场,七百二十二人走了一批又一批。当最后一场招聘考试结束时,阎富生手中的花名册上还剩下四十三个人名。这些人名他非常熟悉,这四十三张面孔他也非常熟悉。阎富生的脸上突然间多了不少皱纹。在阎福生的人生经历中,直到这一天,才第一次真切地感受到难,感受到无法言状的难。也许,从这一天起,那四十三名落选者才明白"失去的才最宝贵"的道理,也许,直到这一天,阎富生才真正地感受到,在市场经济迅猛发展的今天,在企业竞争日趋白热化的今天,困扰企业脚步的,就是人、人的能力、人的素质。

第一次淬火

机会，永远为有准备的人而准备，机遇，也只有那些有准备的人才能抓住。根据公司安排，2005年11月起，将对焦化厂卸煤机皮带进行改造，为了保证公司生产用煤不受影响，每月三万吨洗精煤改由人工卸车。阎富生果断地接受了任务。屋外，数九的寒风在吼叫；屋内，彭春根助理爽直地对阎富生说："你能完成这项任务，我请你吃饭，我给你请奖……"

阎富生不傻，他清楚这任务的艰巨，他更清楚彭助理话中的意思。请饭又请奖，也太小看人了吧？阎福生心里这样想着，嘴上很硬气地朗声答应："领导放心吧，我吃定您啦！"

不等话音落地，阎富生就急匆匆赶回劳务市场，只是轻轻嗑了两声，一支近百人的突击队就齐刷刷组成一个方阵。阎富生看着眼前的方队，他们中有通过鉴定被"请"回来的"病休人员"，也有在劳务市场待岗很久的"油子"，还有张熟面孔，只是想不起是否就是当年想要跳楼的那位。不管是不是吧，当时"对所有待岗人员进行军训"的棋算是走对了。他们都有尊严，都有自信，他们要用事实证明，劳务市场的这群人，什么都可以丢，就是不能丢脸。

一列火车共五十节车皮的洗精煤进来了，每一次上道十七节，

特钢密码

每节车皮载重六十吨，他们必须按要求在四小时之内把千余吨的煤卸完，才能保证正常的生产供应，才能最大限度地降低车皮的占用时间。天越来越冷，大家的膀子抡得酸痛，镐头抡圆了，锹把也抡折了……此时的四个小时，比平日的四分钟还走得快，一眨眼工夫就过去了，洗精煤却冻得越僵，整个车皮犹如一个巨大的冰箱。天越来越冷，地越来越寒，已经超过四个小时了，但车皮上的煤仍然没有卸完。

这一晚，阎富生和卸煤的突击队员们直干到凌晨两点。这充满信心和斗志的第一场战役，打输了。

看来，彭助理的话并不是闭着眼说的。吃不吃饭倒是小事，关键是丢不起这人。

"我就不信这个邪！"阎富生连夜组织开会，成立卸煤指挥部，在设立生产组、安全组的同时，又专设了后勤组，确保热水、热饭的供应。然而，卸煤的速度仍不符合要求。虽然说人定胜天，但人就是人，不是机器，更不是卸煤机……机器？对！阎福生突然兴奋起来，用挖机。

只要办法对路，一切难题都是纸老虎。挖机一投入现场，卸煤的速度果然有了质的飞跃，最快时，卸一节车皮仅用了七分钟，卸一批煤车（十六节车皮）还不足三个小时。望着他的突击队员们，阎福生第一次开怀地大笑起来，他不是笑这一年的冬天即将过去，他是在笑，劳务市场的冬季将从此结束：

北厂区的卸煤、卸矿粉的任务吃紧，公司领导毫不犹豫地拍板：让阎福生来干。

1549毫米热扎生产线的钢卷需要加固，竞标领导组不假思考地说，让阎福生来竞标。

2250生产线的车皮需要加固，还有不锈冷轧需要装车发运，还有焦化厂需要人，还有厂区清扫，还有锣鼓队的建设，都需要人……

阎富生的团队终于得到了肯定。然而，他还是不满足。他要想更多的办法，提高待岗人员的素质和能力，他要找到更多的措施来提高效率和职工的收入。回家路过太钢厂的时候，他特意停了下来，专注地看着他的邻居……

补 血

阎富生的眼前常常会闪现出一轧厂"剩下"的那四十三人，当一双双眼睛望来时，他明显地感到那目光中满含的失落和哀怨，更感到从那些目光中渗透出的一种渴求。当初，是自己把他们送到劳务市场，如今，自己也走进了这座大厦。他们到这里就一直待岗，那自己到这里仅仅是来看他们待岗，或者说，只是给予他们一份廉价的同情吗？

特钢密码

　　他们需要什么？我能给他们提供些什么？阎福生一次次这样逼问自己。富兰克林说，你要追求工作，不是工作追求你。猛然间，他想起《珍惜你的工作》这本书中也有一句类似的话：不是工作需要你，而是你需要工作。对，是工作，从那些渴求的目光中传递给自己的，就是工作。

　　天还没亮，阎富生就出门了，他要早早地去单位，了解宏业公司的运行情况和人员配备状况，他要去公司人力资源部，了解各二级厂的用工需求，他还要到工伤职工家里去探望，到困难职工家里去慰问。几天跑下来，他有了一个新的发现：所有的岗位，都被那些有准备的人们预定去了。既然这样，为什么劳务市场这支大军不能早早地准备呢？他同时还发现，所有空缺的岗位也都是为有素质的人准备的。照如此境况看，劳务市场这支大军，欠下了太多的功课。

　　妻子是他最了解的人，以前一见他看书，总想找点理由来"打岔"，可妻子自打从供水厂内退以后，好像换了个人，突然间喜欢上了书，有事没事抓一本来看，还和自己争论些供水方面的专业问题。当时，他还用"活到老学到老"来调侃爱妻，现在一想，终于明白，在退休的同时，妻子也失去了岗位，这等于抽掉了支撑她二十多年内心平衡的一杆秤。还有女儿，读了初中读高中，高中毕业上大学，到大学毕业后，做父亲的本想要为女儿联系工作单位，可女儿又执意去读研了。读书，对女儿也是一种平衡。

　　劳务市场的这支大军。真的该找一下自己的缺口，真应该尽快地补补血、补补气，真应该尽早地补充上营养，成为一支健康而充满朝气的大军。阎福生开始行动了。他把《珍惜你的工作》这本书作为劳务市场人员的必读书，发到每个人手里。对于新来劳务市场待岗的人员，必须先组织去渣场参观学习，接着再参加军训。阎福生的步子很稳，阎福生的步子又很快，他为劳务市场科室的各项工作也都做出周密部署：综合科，负责待岗人员的企业文化培训；经营科，负责对待岗人员的专业技能培训；待岗科，负责待岗人员招聘、分流以及与社会保险接轨的管理。而待岗人员的思想政治教育，则由阎福生亲自来抓，亲自上台主讲。

　　刚从天车工培训班结业的人们很快就被招聘走了，刚走出包装吊运培训班的人们也迅速被招聘走了。还有烹饪培训班，还有计算机培训班，培训还没结束，已经有好多家单位的人力资源"探子"上门来打探虚实。

　　劳务市场待岗人员的专业技能和综合素质在迅速提高。这就是阎富生的目的，他不仅仅要为待岗人员找工作，还要将劳务市场打造成一个高素质的群体，要将劳务市场建设成一个能够培养出人们优秀素质的训练基地。

特钢密码

这里有黄金

2007年,各二级单位从劳务市场一共招走一百八十四人,用人单位情不自禁地找到阎富生说:"老阎,你这儿的人还真不错,有素质。"

"有素质",这三个字让阎富生等了很久,现在,当这位已知天命的北方大汉亲耳听到的时候,竟感动得潸然泪下。素质,就是一个人生命的质量,正如面对一座金矿,经过开采,经过筛选,经过一次次熔炼之后,才发现了黄金,才看到了本质,才触摸到了生命中真正闪耀的光芒。

然而,阎富生仍然心存忧患:

在2004年还只是拥有捆绑队、清车队、发运队等五个队,在册两百人的宏业公司;到2007年底,已经发展成拥有装卸、硅钢、冷轧、1549毫米热扎生产线等七个作业区三个作业队,在册一千一百余人组建了九个党小组的庞大队伍。

仅2007年一年,救助各类困难职工八百六十一人次,救助金额达六十二万四千八百元。但劳务市场人员的生活还需要进一步改善。

为促进职工学习,不断提高职工文化道德修养,专门编发了学习小册子，同时还组织观看学习《太钢企业文化》《不绣之魂》录像，购买并发放《细节决定成败》《珍惜你的工作》等书籍千余册。如何让这些书籍变成职工身体里的血，怎样才能确保劳务市场的每一根血管都畅通无阻？

还有建立健全宏业公司职工代表制度，还有外来用工管理制度，还有劳动经济纠纷案的受理等制度。

劳务市场这支队伍，已经渗透到了太钢产、供、销的各个关键节点上，已经成为太钢生产经营中不可或缺的重要工序。可太钢各二级单位不管这些，他们只盯你的人，发现一个招聘一个，发现两个，招聘一双。最多的时候，一次就招走十多人，几乎让这个承担公司产品包装发运的班组瘫痪。

是金子，谁也不想撒手。哪家单位也不想要的人，只能来投靠阎福生。等到阎福生把石头雕出精美的花纹，等阎福生把粗笨的原矿冶炼成灿烂的黄金，也就离阎福生和他们说再见的时候不远了。

一个季度又要结束了，各作业区的又一轮劳动竞赛正在积极准备，谁也不知道这一次的优胜者"花落谁家"。优胜者每个月可是要多拿两百元奖金呢，竞争实在激烈。

每季度一次的体育竞技比赛也在筹备着。这个季度比什么？比羽毛球？比保龄球？还是比爬山？唱歌倒不用比赛，那是每个礼拜组织学习后，一项活跃氛围的不可缺少的内容。

特钢密码

回家的时候，又一次经过太钢渣场。阎福生故意停下来，专注地近距离看一眼邻居。渣场更美了，他在想，宏业公司各作业区的人们也更成熟了，也许已经被生产主线单位瞄上了。不错，从这里走出去的人，就不能是孬种，不能让人小看。像冷轧作业区苏润萍，在2007年获得"优秀共产党员"称号。像邢玉民，虽然已经四十六岁，却已经是1549毫米热扎生产线作业区的大班长。在阎福生的管理和感召下，大家都有一个良好的心态，那就是：干，就要干最好。

阎福生一进家门，妻子就把一碗炸酱面摆到他面前。阎福生立刻喜笑颜开，拿起筷子说："这座金矿的品位，不低。"

第十章　华山论剑

面对钢铁，我们只能用一流的技能去捍卫尊严。

——题记

序　言

钢铁的性格是丰富多彩的，当经历火的锻烧、风的冷凝，经历一次次浇铸结晶之后，便会呈现出特殊的光芒。

2002年，由中国钢铁工业协会、人力资源和社会保障部、中国就业培训技术指导中心和中国机冶建材工会联合搭建了一座竞技平台——全国钢铁行业职业技能竞赛。这是全国钢铁行业最高等级的擂台，每两年才举办一次。正如我们面对的这一群人，他们中有高层领导，有基层职工，有技术专家……不需要写出每一个人的姓氏，从登上"马钢杯"擂台的那一刻起，他们就被几十种方言一句句"太钢"一声声"太钢人"地称呼着。当他们以一百九十七点八一的高分摘下"团体第二名"的奖牌之时，来自全国五十三家钢铁企业的高手们再一次发出由衷的赞叹：太钢人，真牛！

每次行业竞争都是提升一个企业知名度的绝好机会，也是见证一个企业强大竞争力的最佳时机，也是检验一个企业职工队伍素质提升的最高平台。

两年一次"华山论剑"，众高手谁不愿傲然亮剑？两年一次群雄争霸，各企业谁不想独占鳌头？但赢家只有一个。感受奖牌的感受是愉悦的，而冶炼的过程是艰辛的，当我们回顾太钢人出征"马钢杯"的历程时，从公司领导的鼎力支持到公司工会的精心组织，从教培中心的非常规训练到参赛选手的潜力大爆发，从各二级单位的倾心援助到教练们的无私奉献……太钢人用一幅壮美图景告诉我们：钢铁，是这样炼成的！

大集结

在非太钢承办的全国钢铁行业职业技能竞赛中，太钢参加了四次，团体最好成绩是第三名，还有一次被挤出八强之外。竞争空前激烈，时任太钢集团公司总经理高祥明指示：努力"争三保五"，展示太钢实力。

一、军令状

由公司工会牵头，时任公司工会主席王继光为组长，人力资源部部长尹德、时任公司工会副主席孙庆锋、教培中心主任毋建贞为副组长，各二级单位主要负责人为成员的竞赛领导组迅速成立了。强大的领导组阵容注定要燃起一场冲天大火。

2011年的国庆节一过，太原的气温就开始下降，一天比一天凉，但2011年的太钢却没有冬天。公司工会生产保护部将近年来在公司技术比武活动中涌现出的技能高手重新筛选一遍。截至2011年，公司工会组织的职工标准化操作技术比武活动已经开展三十二年了。从开矿到烧结，从铁水到连铸，从发电到出焦，再从化验分析到电、钳、焊，持续的比武让技能提升的触角延伸到了钢铁的每一个面；三十多年的竞赛历程让人与钢铁熔成了一体，一茬茬技术能手老了，一群群技能状元又茁壮地成长起来。

四个参赛工种的集训名单被拉出长长的一串。既然"马钢杯"全国钢铁行业职业技能竞赛要金子，公司工会随时都能端出一座金山。

教培中心照样憋着一团火。这座六层高的楼房一周有七天开

特钢密码

课,一个月里三十天不关门,一年三百六十五个日夜,轮番给太钢人镀金。按照"马钢杯"竞赛的设置,高炉炼铁工、干法熄焦工、化学分析工和电焊工等四个工种将展开比拼,但每个工种只允许派一人参赛。

不能替补,没有第二次,看似苛刻的竞赛规则断了所有人的退路。这将是一场真正高手间的对抗,一面是个人技能的比拼,一面是企业实力的较量。四个工种,四名选手,一旦亮剑,必须一招制胜。

金山再大也没有用,我们必须从金山中再一次淘金、洗金、炼金。绘制一份精密的冶炼图非常重要,编制一份技能提升的培训计划已刻不容缓。

距离"马钢杯"开赛只剩下一年时间,最后的十二个月,必须迅速组建起一支技能精湛的突击队;最后的三百六十五个日夜,必须培训调教出一批能征善战的"尖刀营"。竞赛领导组明白一个道理:真金不怕火炼,越炼越纯;竞赛教练组也清楚一个道理:尖刀不怕打磨,越磨就越锋利。

然而,10月份正是各二级单位、各岗位向全年任务冲刺的关键阶段,时间紧任务重,一年里拼拼打打过了春、夏、秋,到了这最后一季,谁也不会把这临门一脚再收回去。在这个关键时刻抽人,对于各二级单位来讲,无异于从一个人的身体上往出抽血。

阻力肯定存在,难度肯定很大。可参加全国的大赛更需要血,全国钢铁人的大比武更需要血。要想实现"争三保五"的目标，必须有一支技能过硬的选手队伍；要想确保选手的羽翼更加丰满，就必须有一支经验更加丰富的教练团队，带领他们去经历冶炼的锤打、去接受风雨的磨砺。

时间已经等不起，总教练有了最佳人选，主教练有了最佳人选，教练队伍也已有最佳组合。公司工会、劳动竞赛委员会立即召开动员会，不锈钢股份公司副总经理张志方亲自宣读《关于聘请孟永刚等十七名同志为太钢参加"马钢杯"第六届全国钢铁行业职业技能竞赛总教练、主教练、教练的决定》，教培中心主任毋建贞正式宣读《太钢参加"马钢杯"第六届全国钢铁行业技能竞赛教练团队培训目标责任书》。

这将是一场历时一年的攻坚战役，时任工会主席王继光发出"争三保五"的军令状，打响了总攻的第一枪；总教练孟永刚接过军令状，在"争三保五"四个字上重重地摁下一个鲜红的手印。

二、集结令

公司工会下达了集结令，各二级单位迅速抽调精兵强将。

时任焦化厂工会主席张全安兴奋地向厂长贺世泽汇报了一个好消息：干法熄焦工要在全国大比武，这是我们的一个机会。贺厂长一听也来了精神，是得拉出去练练。焦化厂的干法熄焦系统上线时间短，利用这次比赛，正好把岗位职工的技能水平促进一下。真是

特钢密码

想什么来什么，贺厂长说，派最强的去！

通过一次次评比，一次筛选，焦化厂干法熄焦工的最强阵容浮出水面：李舒、郝建功、李晋源、孙迎辉，四名选手个个身怀绝技，有大班长，有带班长，更有公司技术比武的状元。

炼铁厂工会主席付东华看着集结人员的名单是七分喜三分愁。喜的是，随着高炉的建设，越来越需要技术高超的炼铁工，参加全国大赛正好是一个契机。愁的是，三高炉、四高炉、五高炉的炼铁工长无一例外都在集结名单上，人还没有走，各班组就已经反映，说人太少，生产拉不开栓。事实确实如此，走个三天半月还将就，可这一走一年，肯定会有问题。付东华请厂长王红斌指点迷津，王厂长看一眼左手上的生产报表，再看一眼右手上将要赶赴集结队伍的名单，镇定地说，好办，把四班三运转改成三班倒。

这是在战场上常用的办法，只要战斗需要，三个班可以合为一个班，一个班也可以分成两个组。目的只有一个，为了大部队的总攻，不惜牺牲一切。王红斌没有当过兵，却深谙用兵之道。付东华佩服得喜笑颜开：你的办法总是比困难多呀。

太钢技术中心原主任李建民和中心原工会主席鹿俊峰在看同样的集结令。太钢技术中心是由国家发改委、科技部、财政部、税务总局、海关总署五部委联合认定的国家认定技术中心，在全国七百二十九家国家认定企业技术中心中排名第二，在冶金行业中排名第一。既然太钢有一流的产品，那就应该有一流的化学分析工。技术中心的化学分析工有六十多名，而集结名单上就有七人，占了十分之一还多。太钢的原料多，产品多，产品中的元素多，每一种元素的含量又是千差万别。这些都需要化学分析工用一点一滴的化学试剂去检验，去辨析。越来越多的新品种也等着要成分结果，化学分析工们加班加点已经成了一种习惯。在这个节骨眼上，调出去参加全脱产培训，化学分析工们都以为是天方夜谭。但李主任的话让大家感觉到集结的任务比平日的加班更重要：如果生产任务与这次集训有冲突，生产让路！

集结令也迅速传达到不锈热轧厂、能源动力总厂、不锈钢管公司和不锈钢园区，各兵种从南到北再从东到西，几乎覆盖了整个生产线。

教培中心会议室的两扇大门被完全敞开：炼铁工的后起之秀们到了，干法熄焦工的技术能手们到了，年轻的女研究生带着七名化学分析工到了，来自不锈热轧厂、炼铁厂、不锈线材厂等单位的六名电焊工也到了。

为打一场漂亮的战役，太钢人提前一年完成了总攻部队的大集结。

特钢密码

闭　关

按照竞赛领导组制定的实施方案，培训将采取全封闭形式。从2011年11月至2012年9月，时间跨度——十个月，季节跨度——冬、春、夏、秋，培训场地从教培中心到复合材料厂，从忻州顿村疗养院到山西大学化学化工学院，从山西省电焊工竞赛场地到马钢、包钢、武钢、鄂钢、济钢……为了提升，教练队伍使尽了浑身解数，为了太钢人的尊严，选手们几个月不回家，在四海之内辗转腾挪。

培训过程是枯燥的，封闭培训的过程又是单调的。然而，枯燥与单调无法阻挡竞赛团队勇往直前的脚步。他们，在经历又一次技能的冶炼和人格的升华。

一、临危受命

教练组在研读和分析各工种的竞赛大纲时，惊异地发现，在干法熄焦工的竞赛项目中，不仅包括水处理技术，包括对干法熄焦系统的定修（年修）工作内容，包括对干法熄焦炉的工艺处理要求，最关键的是，竟然还包括锅炉系统的操作。

教练们一贯遇强不弱，教练们人人身经百战，但现实还是让他们皱紧了眉头，感觉到问题来了，问题大了，问题还比较棘手。

第三辑　破解密码

在全国绝大部分的钢铁企业中，干法熄焦工的工作内容就包括锅炉工，它们属于一个岗位。太钢的干法熄焦系统在2008年才上线运行，系统先进，运行效率高。出于工艺管理的需要，将锅炉和干法熄焦炉设为两个不同的工种，分别由能源动力总厂和焦化厂实行精细管理。更为紧要的是，锅炉工算特种设备作业工种，必须持有操作证才能上岗。这意味着，队员要参加干法熄焦工的竞赛，就必须先学锅炉操作，必须先考取锅炉运行工的上岗操作证。

竞赛领导组抓紧与各大钢厂交流，探听虚实，而收集到的信息令人沮丧。不仅是各大钢厂，甚至在"马钢杯"竞赛中主持干法熄焦工较量的裁判长王伟明先生也说："这样的技能大赛，从考试方式上讲，确实对你们不太有利。"

形势变得非常严峻，但严峻并不等于没有机会。只要比赛还没有开始，一切皆有可能发生。选手们将面临一次学习能力的检验，教练团队将面临一次综合实力的检验，而整个团队抵御艰难困境的能力将迎来一次真正的考验。自古开弓没有回头箭，狭路相逢勇者胜。在逆水中行舟，才能真正考验一个人的毅力，才能验证一个团队的强大。教练组急需一名锅炉系统的教练，李舒他们急需一枚强力火箭推进器……

能源动力总厂早已做好了准备，厂里把众多锅炉专业的技术骨干一遍遍地过筛子，最终指令梁宏军，火速增援。

·193·

一年的时间很短,一年的时间里我们能做多少真正有意义的事情?对于这个问题,从热能动力专业毕业的梁宏军并没有认真去想过,直到他接到"脱产一年去当锅炉教练"的通知,才真正意识到,能为企业做一件有意义的事情是多么的美好。他急匆匆地交接完工作,急匆匆地赶到教培中心报到。直到临上讲台时,他的耳边还在回响着韩森厂长的叮嘱:

这一年你专心去干好一件事,必须干好!

二、搬家

自2005年从北京科技大学毕业至今,炼铁厂四高炉作业区值班工长牛世杰早已习惯了炼铁炉前的高温,但小两口租住的房子却远远不像炼铁炉那样密不透风。太原的冬季并不算太冷,但对于刚刚一岁的孩子,就算一丝春风吹过也可能着凉。

瓜果正满大街飘香的时候,妻子说:"天快冷了,我们得找个好点的房子。"

眼看着树叶一天天变黄,妻子说:"我们得换个地方住,这房子跑风漏气的,你能受得了,孩子可经不住。"

是该去找个好点的房子,可现在是房子好的住不起,差的不能住,要找到既能住又便宜的房子就需要四处去转,需要八方去打听。作为"马钢杯"竞赛中炼铁工的备战选手,牛世杰正在教培中心闭关修炼。教练组有硬性规定,闭关期间不能迟到早退,更不能请假。眼看着冷空气不等人，妻子只好自己去问。总算没有白辛苦，找到一间有暖气不漏风的地方，她告诉丈夫：“房子找好了，我们明天搬家吧……"

"明天不行！"

牛世杰在白天曾和主教练杨志荣说起要搬家。杨教练想，闭关修炼正在火头上，明天要进行计算机模拟练习，对特殊炉况的操作非常关键，就果断地告诉牛世杰说：“明天不行！"现在，牛世杰把这话说给妻子听。

妻子急了，说：“你要培训一年，孩子可不能冻上一年。"

牛世杰却笑笑，说：“明天不行，今天晚上准行吧。我们连夜就搬。"

对于任何一个人家，搬家都算是件大事，不是放三声炮，就是要点一挂鞭。现在夜深人静，牛世杰脑子里的高炉刚好在休炉，正好趁着清静，包袱一打，领着妻儿学燕南飞……

第二天一早，牛世杰准时出现在教室里。主教练杨志荣一惊："你不是要搬家吗？"牛世杰说："我已经搬了……"

三、笨招

在太钢职工标准化操作电焊工技术比武中，来自不锈钢园区的连杰分别获得第二十届、第二十四届和第二十五届状元，来自不锈热轧厂的王家骏在第五届、第二十三届、第二十七届、第二十八届

特钢密码

和第二十九届获得一次状元、一次第二、一次第三和两次第五名。在太钢电焊工的圈子里，虽然彼此慕名已久，但在前后总共八届比赛中，两人却始终没有机会交手。封闭训练成了二人交手的最佳机会，他们不约而同地要求和对方住一间房。

有了共同语言，时间的概念就变得模糊，两个人之间需要交流的东西太多，需要探讨的技术太多，房门打开，剑未出鞘，锋芒已露。

教练岳维恒的授课方式很特别，不是一页一页讲，也不是一段一段抠，而是一句一句拆。总教练要求每个教练要为选手出两千道试题，岳教练更是要求选手们将每一道题目找到出处。

连杰的书页上，红笔画过的地方再用蓝笔画；王家骏的书页上，蓝笔圈过的又用红笔勾。封闭培训期间，三天一小测，五天一大考。第一次考试，王家骏糊里糊涂败下阵来，他考的分数这辈子也不想再提。教练给提供的题库里足有三千道题目，还有全国的题库，加起来何止六千道题。王家骏比连杰大两岁，年龄的差距让他很无奈，却又很不甘心。回想封闭学习期间的场景，不光是吃得好住得好，教练一对一地免费教，自己的工资还一分不少。如果不是亲身经历，这种事想都不敢想。

厂工会主席董毓生不止一次地告诫他：把握住机会，你能上一个大台阶。每次遇到难题，他就想起这句话，每次走不动的时候，他又想起这句话。厂领导和自己非亲非故,教练组和自己非亲非故,却给了自己一份感动,给了自己一份温暖,让自己咬着牙往前走,往高处走。得想招,绝不能在第一个台阶前面就被绊倒。

王家骏买来一整本信纸,还找来一只装牛奶的硬纸箱。

白天上课,岳教练和他们抠书、抠字、抠题;晚上,他伏在桌子上开始抄题库里的题,正面抄问题,背面写答案。每抄一道,剪成小条,往牛奶箱里一扔,再抄下一道。越抄,书本上的问题越少;越抄,眼前的路越宽;越抄,越感觉到焊接世界里是这样的精彩。

连杰的书页已经分不清是红是蓝,可他还在看还在找。床上摊开十几本书,有《金属原理》,有《金属焊接性》,有《金属材料》,还有热轧厂工会主席董毓生亲自送来的最新版《焊工手册》。连杰匍匐在书堆中的样子活脱脱一个研究专家,他发现,原来书本上也会有错误……

王家骏一到晚上就抄纸条、裁纸条。他把装牛奶的纸箱子上面掏了一个孔,刚好能伸进手去。抄一张,往纸箱子里扔一个,再抱起来摇一摇。第一本信纸用完了,又买一本;第二本抄完了,再买一本……连杰也抱起来纸箱子摇一摇,钦佩地说:"你的'彩票箱'都快满了,你们董主席把计算机都给配上了,你还费这个精神?"王家骏笑笑说:"关键我的脑子不是计算机,不抄就记不住。"

特钢密码

又一次周考结束，教练们非常惊奇，王家骏的成绩好得够他一辈子回忆。教练组并没有公布成绩。教练们不公布，四路选手们也都不去问。大家各顾各的专业，各挖各的难题，吃午饭的时候，才眉飞色舞地谈感受，谈进步，最后把话题落在了王家骏的"彩票箱"上。岳教练说，虽然笨，但很有效……

四、柔情

钢铁，不仅仅只有阳刚。设计"马钢杯"竞赛工种的人们也许想到了这点，于是，最适合女性从事的化学分析工被首次列入全国性的竞赛。

2012年的春节谁也没有过好，不是不想过，而是过不踏实。教练们怕对教材的内容讲不全、讲不透，连吃年夜饭的时候都是手不离书。正月十五的花灯还没有完全熄灭，封闭训练就拉开了帷幕。毕业于中南大学分析化学专业的硕士研究生杨菊蕾已经三个月没有回过家。她的家远在代县，母亲一次次打来电话，疼爱地问女儿："你们太钢就不过年？"杨菊蕾歉意地告母亲："忙过今年就好了，您要注意身体。"母亲思前想后实在想不通，说："啥事这么重要？考研时候也没见你这么忙。"杨菊蕾郑重地告母亲说："真的比考研究生还重要。"

是比考研究生还重要。自己当年考研时候还真没有这样辛苦过。化学分析工的主教练原本是化学室主任戴学谦，作为全国标准化技术委员会委员，戴主任曾主持承担了镍铁中镍、钴、硅、磷、碳、硫化学分析方法、镍铁块和颗粒等十项国家标准制订工作；主持开展了钛铁标准样品研制工作，获得中国钢铁工业协会颁发的冶金科学技术二等奖；2005年公司开展职业技能鉴定工作，作为化学分析工和仪器分析工考评组组长，组织完成了职业技能鉴定规范编写和自备题库的建设工作。正是由于出色的业绩，他被"马钢杯"全国钢铁行业职业技能竞赛委员会盯上了，并确定为化学分析工竞赛的裁判长。

为避嫌，裁判长不能当主教练。技术中心为锻炼新人，推荐杨菊蕾走上了前台，但一上任，她才真正体会到什么叫难。选手们清一色是当妈的人，虽然都是大专学历，但啃起大赛指定的考试内容，还是非常吃力。毕竟，有很多内容是自己在读研时才学过的。没办法，只能上午讲课，下午测试，到晚上再对大家存在的问题进行讲评。问题很多，需要一个个抓紧解决，抓紧去消化。研究生不是一天就能学成的，但问题不能积攒，当天的问题绝不能过夜，她要努力把研究生的知识转换成大专生也能理解的科普读物。

问题不过夜，意味着处理问题的人必须守夜。

王玲体质有些弱，这位在太钢职工标准化操作化验工技术比武中先后四次夺得状元的"技术女能手"，才熬了三个晚上，感冒就已经找上身来。李梦玲的体质还算强点，只是常常接到女儿的电话，问："妈妈，你啥时候回来？我今天中午到哪儿吃饭呀？"正读初三的女儿即将面临中考，当母亲的不忍心把回家的时间说得太远，却又不能用"明天"来骗孩子，只好在电话中一再安慰女儿："你中午买个夹肉饼吃吧，再多喝些水……"

家庭，父母，孩子……每一位女选手都有很多牵挂。但竞技场不相信眼泪和柔情，决赛场上只承认赢家。

五、忠孝也能两全

2012年6月4日，李舒的父亲去医院做了一次检查。大夫说，过几天再来复查。父亲已经七十五岁，无论多么轻微的病情，对这个年龄的人来说，都不敢掉以轻心，何况大夫还要求复查。

6月5日，第三次封闭培训在复合材料厂悄然开始。距离大赛还有不足半年时间，培训已经进入最关键的阶段。李舒也随队住进了复合材料厂。只是，人来了，心思却没有完全跟来，一连两天，很少和大家谈笑。

第三天一早，他就忍不住了，找到教练组，向总教练请假说："我想请半天假，我下午就回来。"

总教练看着眼前的年轻人，感觉有些不妙，心想，在这个关键时期可千万不能出什么状况。又问怎么回事，李舒就把父亲的情况一一告诉了总教练。

按照竞赛领导组的方案，经过几轮的优选，到最后每个工种都要留下两名选手，以保证最佳状态的选手出征参赛。培训计划实施得非常顺利，虽然每一个阶段都要淘汰一批选手，但被淘汰的选手们没有不服气的，留下的选手更加刻苦。从前期的培训效果看，李舒的成绩稳中有升，虽然年轻，却是这个工种中最有潜力的选手。然而，如果情绪不稳定，将直接影响他的进步，甚至打乱整个培训计划。更何况全国同行中的干法熄焦工高手众多，而且"马钢杯"的竞赛规则对我们极其不利。从更高层面上讲，干法熄焦工稳定发挥，将成为"争三保五"目标实现的关键。军令状上都签了大名，四个工种必须齐头并进，四路精兵一路也不能放松。

必须为选手解除后顾之忧。总教练痛快地答应了李舒，说："李舒，不是半天，我放你一天假，回去带老人家到大医院彻底检查一下。如果需要手术，我去替你陪护，你在这里安心学习。"随即又拿起电话拨通了焦化厂工会主席张全安的电话。张主席毫不犹豫，马上接话道："李舒，你放下一万个心。如果老人需要住院，我替你去医院陪护……"

六、保姆

理论知识的封闭培训每期一个月，封闭期间没有休息日，每天严格按照作息时间表执行：早六点半起床跑操，晚十点半休息。这中间除去吃饭，剩下的时间就全部用来培训、考试、点评、自学和交流。

特钢密码

　　教培中心操作技能培训室先后派出四位老师，轮流进驻封闭地点，专门负责对选手的学习状态、教练的讲授情况、培训的实际效果测评等方面实施有效管控。但老师们很快就发现，各工种的教练们已经完全沉迷在编制考试题库的亢奋当中，选手们也完全沉醉在浩瀚的题海中。每个人面前都是书山，每个人的眼睛都紧盯着一个未知的富饶世界。早晨的跑操从来没有人迟到，而教练和选手们房间的灯光却常常彻夜不熄。

　　王继光主席又一次去看望选手们，发现这种情况，心疼地对总教练说："这样可不行，你这总教练得注意大家的健康，有好身体才能保证好成绩……"

　　操作技能培训室的老师们已经不在乎自己的身份。管理和服务本就是一个道理。她们就当自己是保姆，每天早晨六点半组织跑操，到吃饭时间喊人进餐，考完试帮助教练们记分，而每天深夜去催大家睡觉，成了"保姆们"最头疼的一件事。

借　箭

　　提升，已经不单单是选手一个人的事，也不单纯是教练组的事。公司工会主席王继光多次召集会议，听取培训工作汇报，并对培训工作提出了明确要求和指示。为确保各工种实操、模拟仿真等培训的如期进行，公司工会副主席孙庆峰多次与有关部门和单位联系、协调，为选手的训练提供一切便利，而教培中心主任毋建贞也将教练组对选手们的培训进展情况作为中心每周例会的一项最重要内容。

每一名选手的背后，都有一股强大的力量在支撑着，每一名选手的心中，都有一个不可撼动的目标在激励着……

一、问题大王

在教练梁宏军的悉心指导下，李舒和郝建功两名干法熄焦工进步飞快。梁宏军又把公司第三十三届职工标准化操作锅炉运行工技术比武的理论试题拿来，对两位选手进行全面测试，结果很让人兴奋。与正式参加锅炉运行工比武的人们相比，李舒的成绩排名第四，而郝建功也进入前十。此时，他们已经双双考取了锅炉运行工上岗操作证。

有了操作证，就有了参加"马钢杯"竞赛的资格证。然而，一张有效的操作证还需要丰富的实践经验做支撑。时间紧迫，上锅炉岗实习刻不容缓。

梁宏军及时向厂里工会主席张雷苏汇报，张主席爽快地说："公司的事就是总厂的事。在培训方面有需要厂里支持的就和我讲，无论人力还是物力，都没有问题。"

能源动力总厂的锅炉运行岗位向李舒和郝建功开放了。在余热

特钢密码

锅炉操作、去烧结余热锅炉操作、到十号煤气锅炉操作……能源动力总厂的所有锅炉，让李舒和郝建功转了个遍。

然而，对锅炉的操作越多，李舒的问题就越多。一会儿问锅炉循环倍率，一会儿又问虚假水位，上午还在思考水蒸气热力特性，到晚上就开始琢磨热力除氧原理了。

梁宏军真有些应对不过来，只好动用种种关系，请来了省内某重点高校的锅炉专业的教授。教授一听李舒的问题，面露赞赏："都问到点子上了！"

二、定力

每年七八月份，大学生们都轻轻松松地回家去消夏了。今年暑假，杨菊蕾却带着王玲、李梦玲、李晓红三个人"开学"了。山西大学化工学院的校园内一片寂静，每天上午，几个人一门心思巩固学过的理论知识，反复过滤知识难点；午休过后，实验室里会传来阵阵洗涤玻璃器皿的声音，每一次测定，精密度极差都小于零点零一毫米，每一次测定，准确度误差都不超过百分之零点二……在"马钢杯"全国钢铁行业职业技能竞赛中，这样的成绩可以打满分。

经公司竞赛领导组协调，电焊工主教练赵春林出面沟通，电焊工选手得以在省电建四公司实训一个月。这里，全省各路高手正在为参加全国电焊工竞赛而集训。来这里的目的就是让选手感受赛场气氛，就是让选手们开阔视野，增长见识，在省电建等单位焊接专家的现场指导下，迅速改进焊接手法和焊接工艺。

一大早，训练场地还没有人，赵春林就带着连杰等人到了；训练场的人们都走光了，连杰手里的电焊枪还在突、突、突冒着火舌。焊花四溅，落进他鞋筒里，粘在他衣袖上，烧穿了工衣，粘住了皮肉。飞溅的焊花至少有一千五百度高温，但一个焊件没有完成之前绝不能停止，更不能有一丝抖动。连杰说："如果你停下来，焊接质量出问题的几率就更大，焊接就不完美了。"王家骏也说："就算烫死也不能停，更不能抖，手一抖，焊出来的东西就不漂亮了。"

定力，这并非电焊工才必须具有的特性，却为"追求工作完美"做了最好的诠释。

距"马钢杯"开赛不远了，连杰腿上、胳膊上没被烫过的皮肤也不多了。训练场的人们不时地感叹：你们太钢人真厉害！

公司请来了那树人教授，请来了公司矿山系统、耐火、焦化、烧结等各方面的专家，对炼铁工选手进行最后一次系统的知识培训。牛世杰和张智在大学里学的就是冶金，经过几次培训，感觉比在大学里学的还要系统。

2012年10月一转眼就飞到了跟前。

特钢密码

出　征

中秋节到了，国庆节也到了，两个节日一前一后聚在一起，多少年才有一回。难得的一次长假来了，像一条银河，横在眼前。河的对岸就是"马钢杯"的擂台，似乎能看到擂台上旌旗招展，似乎已听到擂台下的战鼓雷鸣。每个人都心潮澎湃，恨不能一步跨过这条长河，一个箭步跃上擂台。封闭了一年，打磨了一年，不就是为这最后的一击吗？

选手们谁也不想去休息！

教练组在分析每名选手的情况，从每一次理论考试的成绩，从每一次模拟操作的稳定性，甚至还包括每一名选手的心理素质，每一名选手的承受能力……教培中心曾经请山西仁泰心理咨询中心为选手们做了四次心理辅导，每一名选手的综合情况都已在掌握之中。总教练分别去找王家骏，去找张智，去找郝建功，去找李梦玲。四个人都非常清楚，领导看他们累了一年，想让他们好好去享受难得的八天长假；四个人心里也非常明白，休假，将意味着自己只能做一名观众。他们不甘心，张智说："我不休息，我要回高炉去加班……"

在"马钢杯"第六届全国钢铁行业职业技能竞赛中,连杰、王玲、李舒、牛世杰四人荣获"全国钢铁行业技术能手"称号(马永强/供图)

一、赛场心情

2012年10月10日,太钢代表队以最精干的阵容奔赴马鞍山。

选手们已经不是第一次来这里了。每次来的心情不一样,每次来的感觉也不一样。

赛前来这里是为熟悉场地。焊工赛场上的焊接台具真不错,赵春林和连杰看着不想离开,总教练就让他们去照些照片。两个人围着左照右照,又拿卷尺前测后量。一回到太原,赵春林就找人照原样做了三台。有了好的工具，选手们练得更得劲更顺手了，那段日子里，连杰一天用掉的焊条比他过去一年里用掉的都多。赵春林更是动用自己在市内、省内的一切关系，从焊材到焊接工具再到 X 射线拍片检验，为选手们的训练提供一切便利条件。

王玲发现，化学分析工比赛用的天平是德国进口的，而自己单位里还在用国产的。她并不能肯定进口的就比国产的更精确，但为了和比赛保持一致，当然用比赛场上的那台要更好。让她想不到的是，竞赛组领导真就为她们买回一台一模一样的德国天平。

比赛即将开始，王玲手里依然紧紧攥着一叠复习题，一会儿向干法熄焦工的主教练肖艳波借台灯，一会儿又要用肖艳波屋里的电脑。竞赛领导组挨着找每一位选手聊天，调节大家的紧张情绪，王玲却惴惴不安地对领导们说："要是比不好，可真是给太钢丢大人了……"

来自全国五十四家钢铁企业的一百九十名选手已齐聚马鞍山。大赛将在 10 月 11 日正式擂响战鼓。10 月 10 日这天，作为领队的公司工会副主席孙庆锋要求全体队员放松心情睡觉。

二、险情

理论考试一结束，李舒就闷闷不乐。

牛世杰、连杰和王玲的成绩都上了九十分，这让他满脸羞红。

主教练肖艳波一看李舒的脸色，已经猜到几分，赶紧宽慰道："不要紧，你感觉你考得不好，对手们也不见得就能好。"

总教练也听到了消息，赶紧打出租车去找李舒。由于马钢的住宿条件限制，太钢代表队四个工种的选手住了四个地方，彼此相距还挺远。太钢在干法熄焦这一工种上本来就不占优势，李舒可不要因为这第一招的成败，影响了后面的发挥。这个年轻人的心理状态亟需要调整……

赶到李舒住的地方，正好焦化厂张全安主席也在，几个人一起开导李舒，为李舒分析现状，告诉他，后面的比赛项目还多，你只要拿出真实水平就一定行。

王玲的手气不好，实操抽签的时候，她抽到了最靠近门边的一张工作台，每次开门，每走过一个人，工作台上的天平都会受到影响。要知道，化学分析工比试的精确度、准确度等等指标，都是往小数点后面数好几位，就算天平受到最轻微的波动，失之毫厘，就能差之千里。

电焊工实操竞赛场上，连杰的焊材突然间从焊接台具上脱落，时间被无情地消耗，主教练赵春林的心快要从嗓子眼里冒出来……

炼铁厂工会主席付东华接到牛世杰从赛场打来的电话，付主席问："怎么样？"牛世杰语气低沉地回答："砸了。"付东华"啊呀"一声长叹……

特钢密码

没有尾声

"马钢杯"全国钢铁行业职业技能竞赛于 10 月 16 日闭幕,公司工会主席王继光作为特邀嘉宾为获奖选手颁奖。太钢选手夺得了干法熄焦工第一名、化学分析工第三名、电焊工第三名、高炉炼铁工第十二名,并以一百九十七点八一分获得团体第二名,创造了公司作为客队参加全国钢铁行业职业技能竞赛的最好成绩。同时,干法熄焦工李舒被授予全国"五一"劳动奖章,李舒和炼铁工牛世杰、化学分析工王玲、电焊工连杰同时被授予"全国钢铁行业技术能手"称号。

两年一度的技能大赛结束了,而技能提升的征途永远不会停止。在鲜花和掌声沉淀之时,面对艰辛和眼泪,面对汗水和追求,面对满炉膛的火焰和铁水,我们知道:纯粹的钢铁,就是用我们的尊严炼成的。

后记 /

无法冷却的记忆

王绍君

在我的记忆中，有太多滚烫的钢铁故事翻涌着，一浪接一浪，从来不曾冷却，哪怕是一个微小的气泡，都是太钢人竭尽全力的一次冲锋。太钢人的拼，太钢人的搏，太钢人对特钢的专注，甚至连太钢厂区的一棵国槐、一株丁香，都会带给我们满满的感动和惊喜。

作为一名太钢人，我曾有过一个想法，用文学的方式，全景式地展示太钢的风采。但很明显，这是一项浩大的工程，非我一人之力能完成。这个有着八十八年历史的大型特钢企业，有着深厚的底蕴和独特的文化，包括成功时的高光时刻，包括失败后的刻骨教训，有欢笑，有歌声，也有痛心，有泪水。原太钢经理商均曾给我讲起他的一段难堪的经历：在1977年，由于太钢亏损严重，某位领导开玩笑地说："你们太钢什么时候能挣了钱？给我买一根冰棍吃！"

这话犹如一根钢针，直面而来。太钢人一路走来，所面对的钢针还有无数，在此不一一列举了。人人都相信，发展的路上，从来不缺障碍，而成功的背后，一定站着无数的英雄，所以才有了越来越多闪亮的辉煌时刻：

2012年，太钢人打破国外技术垄断，成功开发出双相不锈螺纹钢筋，在世界最长跨海大桥——港珠澳大桥上，刻上了"中国制造"；

2016年，太钢集团成功开发出笔尖钢的消息在央视《新闻联播》节目中一播出，太钢不锈的股票在一周内涨幅超过了百分之二十；

2020年12月，太钢的宽幅超薄精密不锈带钢工艺技术及系列产品项目，即大众耳熟能详的"手撕钢"项目，在第六届中国工业大奖发布会上，一举摘取了项目类中国工业大奖；

2017年6月、2020年5月，习近平总书记先后两次莅临太钢考察调研，并留下重要讲话和指示精神，对太钢工作特别是科技创新予以肯定，寄予厚望。

……

特钢密码，并不仅仅只有钢铁。太钢人的一言一行，他们生活中的一怒一笑，都是特钢元素。我想尽力写出太钢人的血肉与骨骼，彰显太钢人的个性和精神。

将书稿交给出版社后，我心中仍忐忑不安。思虑再三，还是请蒋殊老师为本书作序，蒋老师曾获得"赵树理文学奖""《小说选刊》年度大奖"等多项文学大奖。最重要的，她是从太钢成长起来的著名作家，她了解钢铁。明里是请蒋老师为我作序，其实是想让人家为我壮胆，陪我一起给太钢助力。

在此，要特别感谢山西省作家协会的信任和推荐，特别感谢山西省委宣传部的支持，让我重温并记录下太钢人的一次次感动。也非常感谢北岳文艺出版社的特别关注，感谢责编老师的辛苦付出，将我无法冷却的记忆，变成铅印的文字。

同时，也感谢老师们的鼓励，感谢每一位阅读者。

图书在版编目(CIP)数据

特钢密码 / 王绍君著 . -- 太原：北岳文艺出版社，2024.8

ISBN 978-7-5378-6848-8

Ⅰ.①特… Ⅱ.①王… Ⅲ.①纪实文学－中国－当代 Ⅳ.① I25

中国国家版本馆 CIP 数据核字（2024）第 064374 号

特钢密码
TE GANG MIMA

王绍君 / 著

//

出品人
郭文礼

选题策划
陈学清
李向丽

责任编辑
李向丽

装帧设计
FAWN

印装监制
郭勇

发行运营
赵彤

宣传运营
刘思华
董江波

出版发行：山西出版传媒集团·北岳文艺出版社
地址：山西省太原市并州南路 57 号　邮编：030012
电话：0351-5628696（发行部）　0351-5628688（总编室）
传真：0351-5628680
网址：http://www.bywy.com　E-mail: bywycbs@163.com
经销商：新华书店
印刷装订：山西人民印刷有限责任公司

开本：787 mm × 1092 mm　1/ 16
字数：152 千字
印张：14.5
版次：2024 年 8 月第 1 版
印次：2024 年 8 月山西第 1 次印刷
书号：ISBN 978-7-5378-6848-8
定价：68.00 元

本书版权为本社独家所有，未经本社同意不得转载、摘编或复制